강일원의
열정
熱　情

강일원의 열정熱情

발행일	2015년 12월 7일

지은이	강 일 원		
펴낸이	손 형 국		
펴낸곳	(주)북랩		
편집인	선일영	편집	김향인, 서대종, 권유선, 김성신
디자인	이현수, 신혜림, 윤미리내, 임혜수	제작	박기성, 황동현, 구성우
마케팅	김회란, 박진관, 김아름		
출판등록	2004. 12. 1(제2012-000051호)		
주소	서울시 금천구 가산디지털 1로 168, 우림라이온스밸리 B동 B113, 114호		
홈페이지	www.book.co.kr		
전화번호	(02)2026-5777	팩스	(02)2026-5747
ISBN	979-11-5585-858-5 03810(종이책)		979-11-5585-859-2 05810(전자책)

이 도서의 국립중앙도서관 출판예정도서목록(CIP)은 서지정보유통지원시스템 홈페이지(http://seoji.nl.go.kr)와
국가자료공동목록시스템(http://www.nl.go.kr/kolisnet)에서 이용하실 수 있습니다.
(CIP제어번호 : CIP2015032870)

성공한 사람들은 예외없이 기개가 남다르다고 합니다.
어려움에도 꺾이지 않았던 당신의 의기를 책에 담아보지 않으시렵니까?
책으로 펴내고 싶은 원고를 메일(book@book.co.kr)로 보내주세요.
성공출판의 파트너 북랩이 함께하겠습니다.

책머리에

2013년 2월 25일. 대한민국 제18대 대한민국 최초 여성대통령의 취임식이 있는 날이다.

오전 0시 박근혜 대통령님의 임기 개시를 알리는 보신각 타종이 시작되었다. 그리고 현충원을 참배한 후 국회의사당에서 열리는 식전 행사와 본 행사, 서울 광화문 광장과 세종문화회관에서 열리는 식후행사 등의 일정으로 취임식이 진행되었다.

내로라하는 우리나라 가수와 배우, 코미디언 등… 스타들이 총출동하였다. 오전 9시 20분, 서울 여의도 국회의사당 광장은 취임식에 초청받은 사람들로 인산인해를 이루었다.

취임식 식전 행사에서 가수 싸이, JYJ, 용감한 녀석들, 장윤정, 소녀 등 총 17명의 가수와 개그맨들이 참여해 분위기를 고조시키고… 나는 새로이 펼쳐질 나의 인생에 대한 상념에 빠졌다.

내가 인물이 훤칠하니 잘난 건 분명 아니고, 그렇다고 명문대학 출신도, 고시 출신도 아니다. 그렇다면 내가 가진 장점들은 무엇일까. 열심히 산다, 진솔하다, 겸손하다, 예의 바르다. 나열하다 보니 나도 괜찮은 사람 같다. 기왕 들어가는 청와대니만치 무슨 일을 하든 열심히 하리라. 나를 정무수석비서관실 행정관으로 발탁해 주신 대통령님을 실망하게 하는 일은 결단코 없으리라, 다짐에 또 다짐했다.

전라남도 곡성군 목사동면 대곡리 480번지, 전기도 들어오지 않아 호롱불 밑에서 공부하며 청와대까지 가는 영광을 안았으니 촌놈으로는 분명히 성공한 삶이다.

그러나 나는 아직도 그저 촌놈이고 소박한 이웃 아저씨고 많은 사람의 친구이다. 호소력 짙은 어느 여가수는 '다시 가라 하면 나는 못 가네. 마디마디 서러워서 나는 못 가네.'라고 걸어온 길이 하도 질곡의 세월이라 뒤돌아보고 싶지 않다고 노래하고 있다.

　나 역시 걸어온 길을 다시 가라 하면 가고 싶지 않지만 잊을 수는 없다. 그 길이 있었으므로 오늘의 내가 있는 것에 감사한다. 힘든 길…. 어려운 고비 고비를 넘기며 나를 성장시켰고 나를 사랑하는 사람들과의 인연이 되었다.

　이 소중한 인연과 내가 걸어온 길을 그냥 흘러버리기엔 너무도 아쉬워 한 권의 책으로 엮었다. 미진한 글이지만 내가 걸어온 길을 보며 어려움에 처한 사람들이 힘을 얻고 미래를 향한 꿈을 가꾸시길 바란다.

정규학교라고는 초등학교 졸업장이 전부였던 나. 그러나 좌절하지 않고 독학으로 중·고등학교를 검정고시로 이수한 후 방송통신대학교 법학과를 졸업하고, 중앙대학교 대학원에서 박사 학위를 취득했다. 권토중래捲土重來의 연속이었지만 희망을 품고 있으니 도전정신도 강화되고 더욱 분발할 수 있었다.

2003년 10월 30일. 부천시의회 의원 재선거에서 범박동과 괴안동 선거구로 당선되며 시의원이 되었다. 7년간 시의원 활동을 하면서 언제나 내일처럼 지역구민들과 함께했다. 지역 주민들은 지금도 나를 만나면 "그때 주민들을 위해 참 부지런하고 겸손한 일꾼이었다." 며 한마디씩 던져주시니 감사하다.

도전의 연속인 나의 인생길. 이제 나는 새로운 도전을 향해 날개를 펼 것이다. 내 부모와 내 형제, 친구들을 위하는 것처럼 부천 소사구민과 함께 뚜벅뚜벅 걸어가고 싶은 강일원. 그 길 또한 쉬운 길이 아니라는 것을 잘 알고 있지만, 이 한 권의 책에서 '강일원은 할 수 있다!'는 믿음과 신뢰를 가질 수 있었으면 좋겠다.

내가 잘 되는 것은 나의 힘이 아니라 나를 사랑하고 아껴주시는 사람들 덕분이다. 내 삶의 지표指標는 '잘되었다 자만하지 않고, 실패하였다고 낙심하지 않는 것.'이다. 어려움이 닥칠 때는 미래를 위한 재충전의 시간이라고 생각한다.

이 한 권의 책에서 나를 다 보여 줄 수는 없지만 내가 살아온 세월을 가감 없이 적었다. 초심을 잃지 않는 겸손함을 지키며 지금까지 나를 아껴주신 모든 분을 잊지 않을 것이다.

이 책이 나오기까지 나의 길을 만들어 주신 어머니와 우리 가족
들, 그리고 세세히 다 적을 수 없는 나를 아껴주시는 모든 분께 감사
의 말씀을 드린다.

2015년 11월 25일

차 례

제2장 여름夏

제4장 겨울冬

제1장

봄春

만물의 소생蘇生을 알리는 봄
아스팔트 틈새로 뾰족이 내미는 연둣빛 생명이
언 땅을 헤집고 나오는 강한 생명력의 감동

그대… 아는가?
죽은 듯 팔 벌린 고동색 빛 나목(裸木)이 품어 키우는 꽃 애기!
그 봄꽃의 향연, 환희歡喜의 순간을

차 례

나를 지칭하는 첫 번째 말
'대단한 놈'

시월의 하늘이 온통 코발트 빛이다. 뭉게구름 두어 점 떠가도 좋으련만 우리나라의 가을 하늘은 점 하나 없이 맑은 게 자랑이다. 나, 강일원의 희망처럼 드높아 밝고 무한정의 빛을 생명을 향해 쏘아 열매를 통통 여물도록 하는 고마운 가을 하늘!

어릴 적 내 꿈은 없었다. 아니, 꿈이 없었다기보다는 꿈조차 꿀 수 없었다는 것이 맞을 것이다.

1958년 9월 23일, 전라남도 곡성군 목사동면 대곡리 480번지에서 태어난 나는 일곱 살에 아버지가 돌아가셨다. 어머니 나이 서른한 살에 장손이자, 장남인 일곱 살 나와, 세 살 터울의 여동생, 갓 태어나 3일밖에 안 된 남동생, 조부모님의 생계를 청상과부인 어머니가 떠맡게 된 것이다.

아버지의 갑작스러운 소천으로 우리 집의 기둥이 무너졌지만 일곱 살 나는 그것이 얼마나 큰일인지 알지 못했다. 아버지의 죽음 앞에 깊은 슬픔에 빠질 줄도 몰랐고, 우리 집 대들보이었던 아버지가 돌아가셨으니 장차 우리 가족이 어떻게 살아야 할지에 대한 두려움에 사로잡힐 줄도 몰랐으며, 아버지 없이 외로이 살아가며 비탈밭 힘든 농사일을 어떻게 해야 할지에 대한 어머니의 크나큰 걱정도 알지 못했다.

그런 어느 날, 아버지의 부재가 현실로 다가왔다. 초등학교에 입학했지만, 나에게는 공부할 시간이 주어지지 않았다. 학교에서 돌아오기가 무섭게 마루 귀퉁이로 집어 던진 책가방을 이튿날 그대로 들고 가야 하는 날이 태반이었고, 공휴일이면 어른들을 따라 논이나 밭으로 나가 일손을 거들어야 했다. 공부보다는 어른들이 하는 농사일을 배워야 했고, 그것만이 우리 가족이 배고프지 않고 살아갈 수 있는 유일한 길이라고 믿었다.

초등학교 5학년이 되자 할아버지가 몸집이 유독 작은 나를 위해 내 몸에 꼭 맞는 나만의 지게를 맞춤형으로 만들어주었다. 나의 몸에 지게가 혹처럼 붙기 시작한 것이다. 이동수단이 지게밖에 없으니 일을 빨리 끝내고 또 다른 일을 해야만 하는 농번기에는 한꺼번에 많은 양의 짐을 지워 날라야 했다.

내 몸이 지탱하기 힘들 정도로 많은 짐을 지고 언덕을 오르려면 숨이 턱까지 차올랐지만, 그날 할 일을 내일로 미루는 일이 내 사전에는 없었다. 그런 나를 보는 마을 사람들이 나를 가리켜 '대단한 놈!'이라는 별명을 지어주며 "키도 째깐한 놈이 낸중에 뭐가 될라고 저리 힘을 쓴다냐."며 쑤군거릴 때마다 나 자신에게 '너는 무엇이 되고 싶은가?'라고 물어보았다.

중학생이 되고 싶었다. 내가 없으면 농사를 짓기 힘들다는 걸 뻔히 알지만, 학교만 보내준다면 학교에 다니면서 더욱 열심히 농사일할 수 있을 것 같았다.

저녁을 먹고 호롱 불빛 옆에서 뚫어진 양말을 꿰매는 어머니 곁으로 다가앉으며 "지금보다 더 많이 일할 테니 중학교만 보내 달라"고 웃으며 어머니 앞에 새끼손가락을 내밀었다. 중학교만 보내주면 일등을 놓치지 않을 것이며 농사일 역시 열배 백배 더 열심히 하겠다며 어머니를 졸랐다.

그러나… 할아버지 앞에 늘 죄인처럼 움츠리고 할아버지 눈치만 살피는 어머니는 아무런 힘이 없었다. 마치, 아버지의 소천이 어머니 때문인 것처럼 어머니의 어깨는 언제나 오그라져 있고 목소리는 기어들었다. 오직 중학교 진학이 간절한 나에게 어머니의 그런 모습이 한없이 원망스러웠다.

중학생이 되어 교복을 입고 모자를 반듯하게 쓰고 가방을 들고 학교로 가는 친구들을 보는 마음이 한없이 무거웠다.

어떻게 해야 할까? 매일 밤 해답을 찾을 수 없는 고민에 빠져들었다. 어머니와 동생들을 버리고 어디로든 도망을 치자니 가슴 한 곳이 무너지는 듯 아파 왔다. 그렇다고 해서 나의 미래가 길고 긴 터널이라는 걸 뻔히 알면서 농사일에 매달리자니 그것도 말이 안 되는 것 같았다. 소처럼 묵묵히 농사일은 하고 있지만, 하루에 열 번도 더 내 마음이 갈피를 잡지 못하고 허둥거렸다.

가능한 어머니 얼굴을 똑바로 보지 않고 훔쳐만 보았다. 만일 내가 우리 집에서 갑자기 사라진다면 어머니가 받을 충격이 얼마나 클지 잘 알고 있기 때문이다. 이러지도 저러지도 못하고 동이 트면 어른들을 따라 논을 갈고 밭을 일구었다.

소가 갈아야 할 비탈밭을 소를 빌리지 못해 할아버지와 함께 온종일 갈았다. 열네 살 내 작은 어깨에 소의 멍에를 얹고 쟁기를 달아 끌자니 죽을 만큼 힘이 들었지만 내색하지 못했다. 내가 아니면 그 누구도 할 수 없는 일이니 힘들어도 어쩔 수가 없는 것 아닌가. 300평 남짓 되는 따비 장 비탈밭을 일구고 나면 몸이 녹초가 되고 해가 뉘엿뉘엿 서산으로 숨어들기 시작한다.

산말랑에 누워 먼 봄 하늘을 멍하니 바라보았다. 저 멀리 흰 구름이 둥실 떠 한가로이 흐르고 있었다. 갑자기 하늘의 구름이 부럽다는 생각이 들었다. 나는 왜 열네 살 어린 나이에 대가족의 기둥으로 살아가야 하는 기막힌 신세가 되었는가? 또다시 답이 없는 질문을 던졌다.

내 처지를 누가, 왜 이렇게 만들었는가… 벌떡 일어나 하늘에 대고 항의라도 하려는데 보성강 저만치 석곡 중학교로 진학한 친구들이 나룻배를 타고 강을 건너오는 모습이 내 눈으로 들어왔다.

나룻배에서 내려 삼삼오오 다정하게 이야기를 나누며 학교에서 오는 친구들. 그 친구들과 마주치기라도 하면 어쩌나 하는 부끄러운 마음이 나의 가슴을 눌렀다. 아무도 없는데 나도 모르게 몸이 작아지며 나무 밑으로 기어들어 웅크리고 앉았다.

아버지만 돌아가시지 않았다면 나 또한 검정 제복에 모자를 쓰고, 중학생 책가방을 들고, 친구들과 함께 다정하게 걸으며 열심히 공부했던 즐거운 시간을 이야기할 수 있었을 것이다.

갑자기 돌아가신 아버지가 원망스러웠다. 나무 밑에서 기어 나와 고래고래 소리를 지르며 아버지를 향해 원망의 말을 쏟아내는데 나도 모르게 뜨거운 눈물이 뺨 위로 흐르며 아버지가 보고 싶었다.

일곱 살 흐린 기억 속에 잠들어 있는 나의 아버지. 아무도 없는 산 말랑에서 목청껏 아버지를 불러보았다. 그리고 불러도 대답 없는 아버지에게 부탁했다. 혹시라도… 아버지의 영혼이 우리 곁에 함께 계신다면 제발 저 강일원, 아버지의 장남, 학교 좀 보내달라고. 학교만 갈 수 있다면 정말이지 공부 열심히 잘할 테니, 할아버지 좀 설득시켜 주십사 두 손을 모으고 눈을 감아 간절히 부탁의 말씀을 했다. 그러나… 3년의 세월이 흘러 친구들이 중학교를 졸업할 때까지 나의 바람은 이루어지지 않았다.

석곡 5일 장날. 우연히 친구들과 마주치면 반갑기보다는 지게 가득 무거운 짐을 지고 가는 내가 창피해 쥐구멍이라도 있으면 들어가고 싶었지만 내색할 수는 없었다.

'그래, 각자 할 일이 따로 있을 거야!' 스스로 위안의 말을 던지며 친구들의 손을 잡았다. 웃어도 웃는 게 아니었지만 나는 '대단한 놈'이니까, 뭔가 달라야 한다고 생각했다. 하지만. 그것도 잠시일 뿐 혼자 있는 시간이 오면 그 '대단한 놈'도 밀려드는 서러움에 심신이 젖어 들어갔다.

정녕, 내가 설 땅은 어디일까? 전라남도 곡성군 목사동면 대곡리 480번지 이곳이 진정 내가 설 땅이란 말인가.

도망자

불러도 대답 없는 메아리! 할아버지와 어머니 앞에 나의 향학열은 그야말로 메아리조차 없는 가여운 외침이 되었다.

2년 동안 농사일에만 매달리다 벌목 작업장에서 통나무 나르는 일을 하게 되었는데 체구가 왜소한 나로서는 정말이지 견디기 어려운 일이었다. 한나절 동안, 해발 500여 미터나 되는 산등성에서 지표면까지, 죽을힘을 다해 통나무를 지게로 져 나르다 보니 수시로 이렇게 살다 공부는 언제 해 보나! 울화가 치밀었다.

이제는 정말 고향을 떠나 새로운 일을 하고 싶었다. 어디 가서 어떤 일을 하더라도 공부만 할 수 있다면 힘이 날 것 같았다. 잠시 지게를 내려놓고 생각에 잠겼는데 반장이 내 코앞에다 손가락질을 해대며 "농땡이 부리려면 당장 그만둬라. 대신, 오늘 일당은 없으니 그리 알라!"며 호통을 쳤다. 이렇게 사력을 다해 통나무를 져 나르다 잠시 숨 좀 돌렸다고 일당이 없다니… 기가 막혔다.

　도시로의 외입을 생각 못 한 것은 아니지만, 그때마다 이런저런 생각이 꼬리에 꼬리를 물며 나를 잡았다. 연로하신 조부모님과 청상의 어머니 앞에 동생들을 두고 나만 잘 살아 보겠다고 떠날 수는 없었다. 가족들 얼굴이 자꾸 어른거려 굳은 마음이 이내 풀어지곤 했는데 이제는 결심해야 할 때가 온 것으로 생각했다.

　지게부터 때려 부수었다. 지게가 없으면 일할 도구가 없으니 일을 할 수 없을 것이고… 그러다 보면 무슨 궁리가 떠오를 것 같았기 때문이다. 그러나 할아버지가 정성을 다해 만들어준 지게가 내 눈앞에서 조각조각 부서져 널브러진 모습을 보고 있자니 할아버지에게 죄송하기도 하고, 할아버지 앞에 잔뜩 몸을 움츠릴 어머니 얼굴을 바라볼 용기가 나지 않았다. '이제 정말 도망을 가자.' 마음을 굳게 먹고 집을 향해 뛰었다.

　내가 벌목장으로 가자 어른들도 들일을 가셨는지 여덟 살배기 남동생이 집을 보고 있었다. "형아"라고 부르며 반갑게 달려오는 태현의 손을 뿌리치고 얼른 방으로 들어갔다. 얼마 전, 어머니가 자식처럼 키워온 누에를 팔았던 일이 생각나 장롱을 뒤져보니 보자기에 돌돌 말아 보물처럼 숨겨 놓은 돈이 6,500원이 있었다. 아무 생각도 하지 않고 돈을 주머니에 넣고 석곡 버스터미널을 향해 달렸다.

우선 석곡에서 버스를 타고 광주로 나가 외종형님을 만나 일자리를 알아보기로 마음먹고 터미널에 있는 석곡 약국에서 외종형님에게 전화를 걸었다. 그런 내 모습을 바라보던 약사 아저씨가 고개를 갸웃거리며 "대단한 놈도 외입 가나?" 물었다. "외입이 아니라 일을 하며 공부하고 싶어 광주 외종형님이 있는 약국으로 간다."고 행선지를 확실하게 알려 드렸다. 도망은 가지만 불쌍한 어머니가 나를 찾아 헤매지 않도록 하자는 배려였다.

그러나… 나의 어머니가 당고모인 외종형님은 "네가 없으면 당고모님이 농사짓기 힘드실 거 아니냐?"면서 나보다 어머니 걱정을 먼저 했다. "어머니도 허락해 주셨으니 걱정 말라."는 거짓말로 형님을 안심시키자 그러면 일자리를 알아봐 줄 테니 광주로 오라며 위치를 알려 주었다.

공부하고 싶은 욕심에 어머니를 속이고 거짓말을 한 것이 후회되었지만 나에게 가장 중요한 것은 공부에 대한 타는 목마름이었다. 기왕 고생고생하며 살아야 하는 것이 타고난 나의 운명이라면, 내가 간절히 바라는 공부를 하는 한 가닥 즐거움을 잡고 고생하는 길을 택하고 싶었다.

나의 고향인 곡성군 목사동면에 있는 석곡에서 광주까지 버스를 타고 비포장도로를 달려가는 3시간여, 차창을 스쳐 가는 논의 벼가 알곡을 만들고 있었다.

아직 찬바람이 가시지 않은 봄에 볍씨를 뿌려 못자리를 만들어 정성 들여 모를 기르고, 딱딱하게 굳은 논바닥을 포스르르하고 노골노골하게 갈아엎어 고른 뒤 알맞게 물을 대어 모내기를 하던 일, 논매기할 때 막냇동생의 손을 잡고 새참을 나르던 어머니와 막걸리 한 사발을 단숨에 들이켜시던 할아버지, 빈대떡을 나눠 먹으며 종알거리던 동생들 모습이 한 편의 영화를 보는 듯 아스라이 멀어져 갔다.

　광주시 충장로 5가에 있는 약국을 찾아가자 외종형님이 반갑게 나를 맞이해 주었다. 공부하고 싶다면 취직이 어려울지 모르니 열심히 일만 하겠다고 하여 제약회사에서 트럭으로 배달된 약을 등짐으로 져 약국 창고에 쌓아놓는 일부터 시작했다. 그래도 알약이나 가루약 등은 무게가 덜 나가 힘든 줄 몰랐지만, 액체로 된 약품을 등짐으로 져 옮길 때는 벌목장에서 통나무를 져 나르는 것만큼 힘이 들었다.

　아침에 일어나 약국 주변을 청소하고 약국 창고를 정리 정돈한 후, 온종일 약을 져 나르자니 자유도 없고 책 한 권 볼 시간적 여유는 더더욱 없었다.
　사자 굴을 빠져나와 하이에나 굴속에 갇힌 느낌이었다. 그렇지만, 한 달도 채우지 않고 포기할 수는 없었다. 하루하루가 고된 노동으로 이어지지만 손에 쥐어지는 돈이 없는 빈털터리 생활의 연속이었다. 돈을 벌어 학원이라도 다니며 공부를 해보려던 계획이 수포가 되자 깊은 우울감에 빠져 버렸다.

'아무리 발버둥 쳐도 나는 안 되는 놈이란 말인가?' 그런 나를 곁에서 지켜보던 형님이 내 계획을 알아챘다. 그리고는 약국 창고에서 일하면서 공부하기는 어려울 것 같으니 일단 곡성 집으로 들어가 기회를 보자고 제안했다. 그러면 형님이 돈을 벌며 공부할 수 있는 일자리를 찾아보고, 확실하다 싶으면 그때 부를 테니 어머니를 도와 농사일을 하며 기다리라는 것이었다.

외종형님의 약속을 전적으로 믿기로 하고 가족이 기다리는 목사동 대곡리로 가는 버스에 몸을 실었다.

매정하리만큼 냉정하게 동생 손을 뿌리치고 돈까지 훔쳐 도망 나왔던 집으로 들어가자니 정말이지 염치가 없었다. 노기등등한 할아버지, 할머니 얼굴과 눈물 젖은 어머니의 얼굴이 자꾸만 오버랩 되었다. 집에서 도망칠 때는 자신만만, 무슨 일이고 열심히 하여 보란 듯이 금의환향할 것이라고 다짐하고 맹세했는데 일 년도 못 버티고 이렇게 패배자가 되어 집으로 돌아가게 되다니!… 다리를 고쳐 세워도 온몸의 힘이 빠져나갔다. 광주에서 지낸 시간이 허송세월이 아닌, 내 인생에 자양분이 되기를 바라며 고생스럽던 순간들을 머릿속 기억창고에 쓸어 담았다.

광주를 떠나올 때 외종형님으로부터 받은 가방을 의자 밑에 밀어 놓았다가 가방을 열고 내용물을 만져 보았다. 무엇인지 모르지만, 촉감이 부드럽고 따스했다. 도망자인 나를 배려한 외종형님이 돈을 훔쳐 도망쳤던 나의 체면을 조금이라도 세워주고자 가족들을 위해 준비해 준 선물이었다.

　선물 보따리를 자꾸만 더듬어 보았다. 언제쯤 내 힘으로 가족을 위한 선물을 사 볼 수 있을까. 그런 날이 오기는 하는 걸까.

신천지로의
즐거운 여행

1975년 4월의 신문 헤드라인 뉴스는 1955년 11월에 시작된 베트남 전쟁이 1975년 4월 30일 종전 되었다고 보도했다.

잘 알려진 대로 월남전은 미국이 통킹 만 사건(1964년 8월)을 구실로 개입함으로써 국제전으로 확대되었고, 우리 대한민국에서도 지상군이 파병(1965년)되었다. 이후, 프랑스 파리에서 평화 협정이 체결(1973년 1월)되어 미군과 한국군이 철수하였고, 1975년 4월 30일 북베트남의 사이공이 함락되며 길고 긴 전쟁에 종지부를 찍었다.

신문을 보며 누가 이겼든 간에 그 길고 긴 전쟁이 끝났다니 반가웠다. 그러나 아직도 갈 길이 보이지 않는… 마치, 미로에 갇혀버린 듯한 내 삶의 전쟁은 언제 끝날 것인지 막막했다.

광주에서 돌아와 다시 지게를 지고 농사일에 매달린 나에게는 정말이지 희망이 없었다. 우선, 집으로 돌아가 어머니를 도와 농사일을 하면 광주가 아니더라도 먹고 자고, 공부할 수 있는 일자리를 알아봐 주겠다던 외종형님에게서의 소식도 감감하였다. 정말 이대로 농사를 지어 가족을 돌보며 근근이 살아가야 한단 말인가.

볍씨를 뿌리고, 모내기하면서도 온통 머릿속이 어지러웠다. 집배원이 오면 달려가 나한테 오는 편지가 있는가 물어보고, 볼 일이 없는데도 석곡 버스터미널에 나가 쏘다녔다.

그런 어느 날, 광주 외종형님으로부터 소식이 왔다. 대전에 있는 도매 약국인데 숙식 제공은 물론, 월급도 3,000원이나 주며, 나만 야무지게 잘하면 무면허 약사까지 승진도 되고 공부도 할 수 있는 조건이 참으로 안성맞춤이란 것이다. 더는 재보고 따져보고 할 겨를 없이 부랴부랴 대전으로 올라가 약국을 찾아갔다.

대전시 은행동에 있는 대우당 약국 문을 열고 들어서자 광주의 외종형님으로부터 미리 연락을 받은 약사님이 나를 반겨 주었다.
―나이에 비해 키가 작다더니 정말이지 작구만.
혼잣말처럼 중얼거리며 흘려버렸다.
어딜 가나 먼저 듣는 말이 이름보다 키였다. 혹여 키가 작아 취업이 안 될까 걱정이 앞섰다.
―체구는 작아도 일은 싸게 잘할 수 있습니다!
작은 눈을 크게 더 반짝반짝 굴리며 큰 소리로 말했다.

체구는 작지만 씩씩하고 당당한 나의 태도가 맘에 들었는지 그날부터 대전 약국에서 일하게 되었다. 무슨 일이고 열심히 하여 공부할 생각을 하니 가슴이 벅차오르고 신이 났다. 아침 8시부터 밤 10시까지 꼬박 12시간을 자전거로 대전 시내 48군데 병원과 약국을 돌며 배달 일을 하였다.

그런 어느 날, 약국에서 장끼(세금계산서)를 끊어주는 일을 하는 형님이 나에게 최종 학력을 물었다. 중학교 졸업장도 없다는 게 창피하긴 했지만, 거짓말을 하는 것은 더욱 비겁한 것이다. 살짝 기가 죽었지만, 목소리만큼은 당당하게 초등학교는 졸업했다고 말했다. 그러자, 돌직구로 돌아오는 말이 "문교부가 짧구먼!"이었다.

처음엔 형님 말씀이 무슨 뜻인지 잘 몰랐지만, 곰곰 새겨들으니 소위 '가방끈이 짧다.'는 말을 조금 고급스럽게 쓰는 것 같았다. 그날, 형님의 말씀 한마디가 나의 결심을 더욱 굳혀주는 계기가 되었고, 어떠한 일이 있어도 반드시 공부하여 공부로 성공하고 싶다는 각오를 다져주었다. 그렇다면 어떻게 살아 성공할까.

밤을 밝히며 궁리했지만, 답이 요원했다. 약국에서 성공하자면 아득히 길이 멀다. 약국에 취업이 되면 1단계는 창고 정리이고, 2단계는 배달이며, 3단계는 약국 내 정리 정돈과 함께 약국에 서서 약사들이 주문하는 약을 재빠르게 찾아 전달해 주는 일이고, 4단계에 이르러 비약사로 약사 면허 없이도 흰 가운을 입고 약을 판매할 수 있는데 그 소요 세월이 빠르면 8년이고 늦으면 10년이 걸린다는 것이다.

하지만 그것도 일부에게 주어지는 행운일 뿐, 운이 없으면 10년 공을 들여도 허사가 되는 일도 비일비재하다니… 약국에 남을 것인지, 아니면 다른 일을 찾아야 할지 갈등이 생겼는데….

약 배달을 하다 그만 바보가 되어버린 듯 멍하니 약통만 들여다보는 일이 자주 벌어졌다. 이리저리 포장 상자를 돌려가며 아무리 둘러봐도 온통 영문으로만 표기된 약 이름! 그것은 영어를 모르는 나에게 고문이나 다름없었다.

주문한 약국으로 비슷한 영문 표기의 약이 잘못 배달되기라도 하면 약국을 운영하는 약사님들이 "약을 배달하는 사람이 약품명을 몰라서야 믿을 수가 있느냐"며 핀잔을 주었다. 알파벳을 배운 적 없으니 영어를 모르는 것이 당연한데도 모른다는 것이 무척 수치스러웠다. 이대로 가다가는 무면허 약사는커녕 배달 일조차 할 수 없겠다는 불안감이 밀려들었다.

배달 일이라도 하려면 영어를 배워야만 하는데 학원에 갈 처지는 못 되고… 영어를 어떻게 배워야 하나 고민하고 있는데 조선대학교 약학대학교를 졸업한 조 약사님이 넌지시 나의 손을 잡으며 학원엘 가지 않고도 공부할 수 있는 길이 있다고 말씀했다.

'서울 강의록은 내 나이 17살 때 조 약사님의 추천으로 만난… 내가 죽는 날까지 절대로 잊을 수 없는 고맙고도 소중한 친구다. 서울 강의록이 통신 강의록이니만치 먼저 금융기관에 강의록 대금을 입금해야만 받아볼 수 있는 제도였다. 그러나 촌놈인 나는 그 제도를 알지 못했다.

조 약사님에게 내 처지를 솔직히 말씀드렸다. 고맙게도 약사님이 자기 일인 양 나서서 서울 강의록을 제때 받아볼 수 있도록 도와주었다.

마침내 기다리고 기다리던 강의록이 내 손으로 들어왔다. 이제 나도 공부를 할 수 있다니… 세상이 모두 내 것 인양 그 누구도 부럽지 않았다. 열심히 영어를 배운다면 영어로 도배한 약품이라도 나 스스로 읽을 수 있을 것이다. 약사님이나 동료들에게 겸연쩍은 웃음을 보내며 물어볼 필요가 없다.

지나가는 사람 아무나 붙잡고 '나도 공부할 수 있게 됐다!'며 큰 소리로 자랑하고 싶었다. 동지섣달 칼바람을 가르며 자전거를 타고 달리지만 춥지 않았다.

오른손으로 심장을 누르며 강의록의 첫 장을 넘겼다. 광고가 눈에 들어왔다. 15세에 중학교를 중퇴하고도 1972~1974년까지 일본 총리를 지냈던 다나카 가쿠에이였다. 대규모 정치 스캔들인 록히드 사건의 중심인물이었던 다나카 가쿠에이가 성공할 수 있었던 배경에는 서울 강의록이 있었다- 초등학교만 졸업해도 수상이 될 수 있다 -는 희망의 글이었다.

울컥, 가슴이 벅차오르며 눈물이 나왔다. 그렇다면 나에게도 희망이 있다! 지금의 역경은 나를 성장시키기 위한 초석이리라.

창고에서 배달대기 하는 자투리 시간에도 책을 손에서 놓지 않았다. A, B, C, D… 알파벳 한 자 한 자가 어쩌나 신기하고 재미있던지 알파벳을 조합해서 약품명을 읽고 쓰는 재미에 빠졌다. 내 입에서 영어로 말이 나온다는 것이 참으로 신기했다.

강의록으로 영어를 배우다 보니 욕심이 생겼다. 이참에 열심히 공부해 중학교 졸업 검정고시에 도전하고 싶었다. 그러나 수학이 문제였다.

늘, 나를 지켜봐 주시는 조 약사님을 찾아가 수학에 대한 나의 고민을 말씀드렸다. 그러자 약사님이 흔쾌히 나에게 수학을 가르쳐 주었다. 알파벳과 방정식을 배우며 공부를 할 수 있다는 사실이 꿈만 같았다.

그러나 행복은 오래가지 않았다. 세상이 다 얼어버린 듯 추운 겨울날, 자전거를 타고 약품 배달을 나갔다가 그만 교통사고가 나 버렸다. 다행히 큰 사고가 아니고 오른쪽 다리를 다쳐 깁스한 상태였다. 배달이 전문인 내가 배달을 할 수 없다는 것은 약국에서 내가 더는 필요 없다는 것과 같았다.

'그래, 넘어진 김에 쉬어간다고 어머니에게 도움을 청해 공부하자!' 공부에 맛을 들이고 나니 공부에 대한 목마름이 점점 심해갔다. 대전에서의 1년, 한 달에 3,000원씩을 월급으로 받아 모았으니 공부를 중단할 수가 없었다.

약국을 그만두겠다고 하자, 나를 자식처럼 여기며 공부할 길을 열어준 조 약사님과 동료들이 무척 섭섭해 했지만, 나의 발걸음은 광주를 향해 걸어가고 있었다.

04

동명 독서실과
내 친구 유덕찬

'아는 것이 힘이다!'

정말이지 아는 것처럼 사람을 힘나게 하는 것은 없는 것 같았다. 강의록으로 영어를 배우고 나니 나의 영어 실력을 검증받고 싶었다. 극장 앞을 지나갈 때면 외국 영화도 보고 싶고 전파사 앞을 지날 때면 팝송이 녹음된 테이프도 사고 싶었지만 내 감성의 유혹을 매정하게 떨쳐냈다. 내 재산이 30,000원뿐이니 어떻게 해서든 일을 하며 공부를 할 수 있는 장소를 찾아내야만 했다.

중국집에서 음식을 배달하는 일은 널렸지만 아직은 다리가 성치 않으니 그림의 떡이고, 앉아서 하는 일자리를 찾아보니 쉽지 않았다. 1월의 추위를 몸으로 맞고 온종일 배를 곯으며 일자리를 찾아 헤매다 보니 저녁이 되었다. 날은 점점 어두워 가는데 나에게 갈 곳이 없었다. 5척도 안 되는 작은 몸 하나 기댈 곳 없다니! 길 설고 낯선 광주의 밤거리가 더욱 을씨년스럽게 다가왔다.

얼마나 더 걸었을까. 저 멀리 4층 건물에서 환한 불빛이 창문을 통해 흘러나왔다. 가까이 다가가 보니 '동명 독서실'이라는 간판 옆에 '총무 구함'이라는 구인광고가 붙어있었다. '그래, 바로 여기가 내 집이다.' 다리가 아프다는 것도 잊어버리고 성큼성큼 계단을 올라 독서실 문을 열고 들어갔다.

카운터에 앉아있던 주인아저씨가 벌떡 일어서며,
"등록하러 왔어요, 학생?"
하며 나를 반겼다. 머뭇거리다가 독서실 총무 일을 보며 공부를 할 수 있을까 싶어 왔다고 말했다. 그러자, 아저씨가 반색하며 내 손을 잡았다. 다섯 군데 독서실을 다닌 후 얻은 일자리지만 무언가 꼬이는 일 없이 잘 될 것 같다는 좋은 예감이 들었다.

그제야 배가 고프고 추웠다. 꼬르륵거리는 창자의 항변을 외면하고 책을 펼쳤는데 남학생이 다가왔다. 그리고는 아무 말 없이 김이 모락모락 나는 컵라면을 내 손에 쥐어주었다.
나도 모르게 뜨거운 눈물이 자꾸만 흘러내려 목덜미를 적셨다. 얼른 돌아서서 주먹으로 눈물을 훔쳐냈다. 그리고는 인사도 제대로 나누지 못하고 함께 라면을 먹었다.

남학생의 이름은 유덕찬이며 조대부고 1학년에 재학 중이라고 했다. 나처럼 아버지를 일찍 여의고 여동생들과 함께 자취한다는 덕찬이는 나이보다 숙성하여 어른스러웠다. 가정환경이 나와 비슷해서 그런지 덕찬과 나는 첫눈에 친구가 되었다.

만난 지 이틀이 되자 눈빛만 봐도 원하는 것이 무엇인지 서로 알아차릴 정도로 친해졌다. 점점 더 덕찬의 하교 시간이 기다려졌다. 공부하는 범위는 다르지만, 덕찬과 선의의 경쟁을 할 수 있어 긴장되었다.

대전에서 번 돈으로 책을 사고, 밥을 해 먹을 수 있도록 취사도구와 이부자리를 샀다. 독서실에서 밥을 해먹다 보니 냄새를 풍기는 반찬은 엄두도 못 내고 언제나 간장에 버터를 조금 넣어 비벼 먹는 것이 전부였다. 그리고는, 청소를 말끔하게 하여 환경을 쾌적하게 유지해 독서실 이용 학생들이 불편하지 않도록 최선을 다했다.

독서실에서 공부를 시작한 지 4개월 만에 고입검정고시를 치러야 했다. 서울 강의록을 만나 간신히 백지 상태를 벗어난 나로서는 엄청난 도전인데 독서실 총무는 엉덩이를 하루에 백 번도 더 들었다 놓았다 해야만 했다.
학생들 관리하랴, 청소하랴, 심부름하랴, 글자 몇 자 보려고 하면 불러대니 몰입이 어려웠다. 나에게 주어진 시간이 오전으로 두세 시간이 전부이다 보니 밤을 새우고 코피를 쏟아내는 일이 일상처럼 되어버렸다.

그러자 덕찬이 총무를 대신 봐 줄 테니 잠시라도 눈 좀 붙이라고 하며 나를 카운터 의자로 밀어 넣었다. 의자에 앉아 꾸벅거리고 졸고 있는데 무엇인가 끈끈한 액체가 내 손등으로 떨어졌다.

눈을 떠보니 덕찬이 쌍코피가 터져 줄줄 흘렀다. 휴지를 뜯어 막아보지만, 좀체 지혈되지 않았다. 덕찬의 코를 틀어막고 있노라니 눈물이 나올 것 같았다. 저도 피곤해 코피를 쏟으며 나를 배려한 덕찬의 마음 씀씀이가 너무도 고마웠다.

고마운 덕찬의 마음에 보답하기 위해서라도 반드시, 꼭! 중학교 졸업장을 손에 쥐고 말겠노라, 수백 번도 더 내가 나에게 '견디자, 이루자!' 주문을 걸었다.

내가 자주 코피를 쏟고, 덕찬도 코피 때문에 성가시게 되자 덕찬이 몸보신을 해야 한다며 나를 덕찬의 자취방으로 불렀다. 그리고는 양은솥이 넘치도록 어묵을 끓였다. 어묵이 단백질 덩어리이기 때문에 영양보충으로는 최고라며 배를 두드리며 먹었다. 넉넉지 못한 살림에 나까지 불러 준 덕찬을 가만히 보고 있노라니 어묵이 마치 쇠고기 덩어리처럼 보였다. 입안의 어묵이 쇠고기보다 더 맛있었다.

정규 중·고등학교를 다니지 못한 나는 바로 사회생활을 하다 보니 사람들에게 존댓말을 쓰는 것이 습관화되어 있었다. 덕찬도 예외가 아니어서 존댓말을 썼는데, 친구 사이에 무슨 얼어 죽을 존댓말이냐면서 말을 놓자고 했다.

그렇게 덕찬과 나는 친구이자 형제간처럼 다정하게 되었고, 독서실에서 해 먹는 간장 버터 비빔밥이 진절머리 날 때는 덕찬의 자취방을 내 집처럼 드나들며 영양보충을 하였다.

내 배가 부를 때면 더욱 보고 싶은 가족들. 조부모님과 청상의 어머니… 동생들은 어떻게 지내고 있을까. 가족들을 생각하니 일분일초도 허투루 쓸 수 없었다. 바늘허리 매어 쓸 순 없으니 정신을 바싹 차리고 바늘귀에 실을 정확히 대어 단번에 꿰여야만 했다.

그러나… 내가 마음먹은 대로 순풍에 돛을 단 건 아니었다. 독서실 시설에 대한 교육청 일체 감사가 이루어진 것이다. 대전에서 일 년 동안 벌어 모은 돈으로 산 이부자리와 취사도구를 화장실에 숨기고 감사가 끝나기를 기다리는데 아침부터 긴장하고 기다린 교육청 감사관이 저녁때가 되어서야 독서실을 방문 감사했다.

이른 봄추위가 바깥보다 추워 화장실을 얼렸다. 덕찬이 고향으로 내려가 아침부터 거르니 배가 몹시 고팠지만, 석유풍로를 켤 수 없었다. 얼마 전, 어머니가 보내준 볶은 콩을 한 움큼 집어 입안으로 밀어 넣고 허기를 달래며 책을 폈는데 목이 메어 콩이 넘어가질 않았다. 고입검정고시를 준비하며 독하게 먹은 마음이 마구 흔들렸다. '강일원! 시험이 코앞이다.' 어디선가 호통치는 소리가 들렸다. 마음을 다잡고 다시 공부에 매달렸다.

그렇게 악착같이 공부한 결과 1976년 4월 고입검정고시에 합격한 나는, 빛나는 중학교 졸업장을 손에 쥐게 되었고, 대학생이 되고 싶다는 꿈을 가졌다. 그러나… 나에게 힘이 되어 주었던 동명 독서실에서의 공부는 교육청의 독서실 숙박 금지 지침이 발령되며 불가능하게 되었고 내 친구 유덕찬과도 작별하게 되었다.

05

나의 소년기에 힘이 되어 준
고마운 사람들

적어도 일 년은 독서실에서 지낼 수 있을 것으로 생각하고 취사도구와 이부자리를 장만했는데 4개월 만에 독서실을 나오게 됐다. 대전에서 벌어온 돈도 다 떨어지고 갈 곳도 없었다. 어떻게 해야 하나… 한참을 망설이다 정말이지 불효한 일이지만 어머니에게 도움의 손길을 내밀어 보기로 했다.

솔직한 맘으로 고입검정은 독학으로도 자신이 있었지만, 대입검정은 자신이 없었다. 기초를 배우지 못한 수학과 영어가 언제나 문제였다. 시간도 없고 돈도 없으니 재수란 있을 수가 없고, 반드시 한 번에 대입검정고시에 합격해야만 했다.

진정, 감사하게도 5만 원 거금을 어머니가 보내주셨다. 5만 원이라

표기된 우체국 전신환을 한참 동안 가슴에 품고 눈을 감았다. 농작물을 기르느라 비탈길 밭두렁을 수백 번도 더 오르내리는 어머니 모습이 눈앞에 아른거렸다.

어머니의 정성을 앞에 놓고 감사의 큰절을 올렸다. '반드시, 꼭 성공하리라!' 마음을 다부지게 먹고 5만 원을 들고 책방으로 가 우선 대입검정고시에 필요한 책을 사고 학원 수강 접수를 마치니 25,000원이 남았다.

깔 셋방을 얻을 요량이었지만 25,000짜리 방은 없었다. 한 번에 5만 원을 내면 1년을 살 수 있으니 방 걱정은 하지 않아도 좋았는데 돈이 턱없이 모자랐다.

잔머리를 썼다. 머리라도 안 쓰면 방법이 없었기 때문이다. 먼저 복덕방 아주머니와 함께 집주인 아주머니를 만났다. 그리고는, 학원에서 같이 공부하는 친구와 함께 살기로 했는데 그 친구가 한 달 후에나 올 수 있어 나머지 돈은 한 달 후에 드린다고. 그렇게 양해를 구하자 주인아주머니가 흔쾌히 승낙하였다.

그러나 아주머니와 약속한 날짜는 부득부득 다가오는데 함께 방을 쓸 친구를 구할 수가 없었다. 다른 방법이 없을까… 궁리해 봤지만, 묘안이 떠오르지 않았다.

아니나 다를까 학원을 마치고 집에 들어가려는데 복덕방 아주머니가 버티고 서 있었다. 마치, 범죄자를 대하듯 나를 째려보더니

"야, 이 사기꾼아!" 소리를 치고는 "사기꾼이 공부는 해서 뭐하느냐." 느니 "얼마나 더 고단수의 사기로 순한 사람들을 등쳐먹으려고 공부를 하느냐."며 몰아세웠다. 차액인 25,000원을 낼 수 없으면 당장 방을 빼라며 고래고래 소리를 질러댔다.

첫째는 약속을 지키지 못한 내 잘못이 크지만, 아직 살아갈 길이 구만리 장천인 나를 사기꾼으로 몰아가는데 어이가 없었다.

지나가는 사람들이 흘끔거리며 참 딱하다는 눈빛으로 나를 쳐다보았다. 정말 내가 사기꾼이라도 된 것처럼 손이 떨리고 이마에 식은땀이 배어났다. 함께 방을 쓸 친구를 빠른 시일 안으로 구할 테니 조금만 더 기다려달라고 애걸하며 사정했지만 소용없었다.

그렇게 복덕방 아주머니와 내가 되느니 안 되느니 하며 실랑이를 하는 데 키가 훌쩍 크고 잘생긴 청년이 내 앞에 우뚝 섰다. 그리고는 네가 진짜 사기를 쳤냐고 물었다. 18살 나로서는 사기가 무언지도 모른다고 대답하며 오직 공부가 하고 싶은 가난한 고학생이라고 대답했다.

내 말을 신중하게 듣던 청년이 복덕방 아주머니에게 다가갔다. 그리고는 조금 전, 나한테 한 말에 대해 나한테 사과하시라고 정중하게 말씀드렸다. 그리고는, "내가 이 학생과 함께 살 사람이다."라고 하며 차액이 얼마냐고 물었다. 그런 청년을 본 복덕방 아주머니의 태도가 확 달라지며 내 손을 잡고 미안하다고 했다.

뭐가 뭔지… 그냥 어안이 벙벙했다. 나중에 알고 보니 그 형은 군

복부를 마친 조선대학교 금속공학과 2학년 장성환이라는 복학생으로 마침 방을 구하던 참이었다.

전주가 고향인 형은 매주 전주 본가로 올라가 반찬을 가지고 왔다. 18살이 되도록 구경도 못 해본 달걀이 들어있는 쇠고기 장조림과 갖가지 장아찌와 젓갈류, 멸치 볶음은 독서실 생활을 하던 나에게 너무나도 호강스러운 밥상이었다.

밥맛이 꿀맛이다 보니 공부도 한결 안정적으로 잘되는데, 생활이 넉넉하지 못한 형이 아르바이트로 입주 가정교사직을 구하고 있었다. 형과 함께 살아온 두 달의 시간! 언제 형과의 작별이 닥칠지 알 수 없었다.

믿지도 않는 하느님에게 하루 시작의 기도로 형님과 헤어지지 않도록 해 달라고 매달렸다. 그러나… 학원을 마치고 돌아오니 '좋은 기회가 생겼다!'며 형이 싱글벙글했다. 가슴이 쿵! 소리를 내며 무너져 내렸다.

06

고입검정고시 합격증을 들고
입주 가정교사가 되다

무거운 문을 여니까
겨울이 와 있었다
사방에서 반가운 눈이 내리고
눈송이 사이 바람들은
빈 나무를 목숨처럼 감싸 안았다
우리들의 인연도 그렇게 왔다.
- 중 략 -

　　인연에 대해 생각하다 문득 떠오른 마종기 시인의 '방문객'이라는
시의 일부이다. 정말 우리 인연이 잠시 왔다 가버리는 방문객 같은
걸까.

나의 행복이 여기서 또 이렇게 짧게 끝난다 생각하니 눈앞이 캄캄했다. 성환이 형이 방을 빼겠다고 하면 나 혼자 무슨 힘으로 방세를 내며 살아야 하나… 더는 어머니에게 손을 벌려서는 안 된다.

새벽 시간에 할 수 있는 일거리를 찾아 신문보급소와 우유 대리점을 찾아 헤맸지만 나를 기다리는 일자리는 없었다. 내일 다시 일자리를 구해 볼 생각으로 무거운 발걸음을 옮기는데 주택가 담장 저 너머 주렁주렁 매달려 주황빛으로 익어가는 감이 보였다. 이 가을이 점점 깊어 가면 겨울이 곧 닥쳐올 텐데 성환이 형 없이 어떻게 살아야 하나….

마음이 급해졌다. 몇 군데 더 보급소와 우유 대리점을 찾아가 사정하여 간신히 새벽 4시부터 신문 배달 일을 하기로 했다.

일자리를 얻고 나니 기분이 하늘을 날았다. 공부만 하다 보면 건강을 해칠 수도 있으니 새벽 운동 삼아 잘해 보자. 몸도 튼튼해지고 돈도 버니 일석이조! 금상첨화였다.

성환이 형과의 작별을 생각하고 싶지 않았지만 현실이었다. 꼬깃꼬깃 접어둔 비상금을 털어 형이 좋아하는 돼지고기를 한 근 끊었다. 내 힘이 아닌 어머니 덕분으로 형에게 진 신세를 눈곱만큼이라도 갚는다고 생각하니 마음이 즐거웠다. 발걸음도 가볍게 자취방 문을 열었는데….

성환이 형과의 인연은 여기서 끝이 나는 것이 아니었다.

―너도 빨리 짐 싸!

형이 무슨 말을 하는지 알아듣지 못했다.

―너를 두고 나 혼자 가려니 발길이 떨어지질 않더라!

눈물이 핑 돌았다. 나도 모르게 와락, 형을 끌어안았다. 입주 가정
교사인 아르바이트 자리를 구하던 형이 면접을 봐 합격했다는 것이
다. 산수동에 있는 목욕탕집에서 중학교 2학년 여학생인 영아와 초
등학교 4학년 환이를 가르치는데 영아는 형이 맡아 가르치고, 환이
를 맡아 국어와 산수를 가르쳐 주면 된다고 했다.

마치 꿈만 같은 형의 이야기를 들으며 허벅지를 열 번도 더 꼬집어
보았다. 무척 따갑고 아팠다. 현실임이 틀림없는데 귀에서 자꾸 이
상한 소리가 났다. 중학교 졸업장을 가지고 초등학생을 가르치는 선
생이 되다니!

겁이 났다. 만약에 실력 없다고 내침이라도 당한다면 애초 시작하
지 않은 것만 못하지 않을까. 결심을 못 하고 망설이는 나를 바라보
던 형이,

―주눅이 들지 말고 당당해라.

하면서 내 실력이면 초등학교 정규 선생님을 해도 된다는 가당치도
않은 비교로 힘을 실어주었다.

성환이 형과 함께 영아네 목욕탕집으로 이사했다. 계획한 대로 영
아는 형이 맡아 가르치고, 나는 환이에게 국어와 산수를 가르쳤다.
목욕탕 안에 딸린 방이 있으니 방 걱정도 없고, 식사도 제공 받으니

밥걱정도 없는 그야말로 천상낙원! 최고의 일자리였다.

　중학교 졸업장을 손에 쥐고 초등학생의 가정교사가 되어 먹고 잘 수 있으니 얼마나 다행인가. 깔 셋방에서 환불받은 20,000원으로 학원 단과반을 등록하고 남은 돈으로 책을 샀다. 먹고 잘 곳 걱정 없이 공부하면서 또 다른 꿈을 꿀 수 있으니 정말이지 행복했다.

　성환이 형이 맡아 가르치는 영아는 중학생이지만 나이보다 숙성하고 키가 큰 편이며 넙대대한 얼굴에 코가 오뚝 섰으며 쌍꺼풀이 살짝 진 동그란 눈이 참 예쁘고 인사성이 바르며 다정했다. 평소엔 큰오빠처럼 푸근하고 자상하지만, 공부시간에는 호랑이로 변하는 정성환 선생님은 어려워하지만 나는 친오빠처럼 따랐다. 내가 정규 학교에 다녔다면 고등학교 2학년이니 영아와는 4년의 터울을 두었다. 영아를 볼 때마다 여동생 생각이 났다.

　부잣집에서 가정부로 일하는 이종사촌 누나를 따라 서울로 간 내 동생 강구순. 그러나 구순은 벌이가 더 좋다는 시내버스 안내양을 하며 어머니에게 도움을 주고 있었다. 아버지만 돌아가시지 않았다면 내 동생 역시 중학교에 다니고 있었을 텐데…. 살얼음판 같은 생업전선에 뛰어들어 또래들이 꾸고 있는 보랏빛 소녀의 꿈을 꾸어볼 수조차 없다 생각하니 가슴이 미어졌다.

　남자와 여자가 결혼하여 이루는 가정. 그것은 하나의 또 작은 나라가 아닐까 하는 생각이 들었다. 나라의 임금이 토대를 굳건히 하고 열심히 일할 때만이 백성들이 마음을 놓고 살 수 있듯이, 가정 또한 튼실한 가장이 건강을 잘 돌보며 그 자리를 흔들림 없이 지키고 있을 때 가족이 모두 행복의 울타리 안에서 나름대로 꿈을 펼치며 살아갈 수 있을 것이다. 한 가정의 가장 역할이 얼마나 큰지 새삼 느껴졌다.

여동생을 향한 내 마음을 영아가 알아챘을까…. 영아가 여동생만큼 오빠를 잘 챙겨주지는 못하겠지만 도울 일이 있으면 아버지에게 부탁하여 돕고 싶다고 했다.

새벽 찬바람을 안고 신문을 돌리고 나면 아침을 먹고, 숟가락을 놓기가 무섭게 검정고시 학원으로 달려가 공부를 마치고, 환이가 학교에서 파해 집으로 오는 시간을 맞춰 수업준비를 하고 기다려야 하니 하루가 언제 지나가는지 숨 돌릴 시간이 없었다.

하지만 아직은 피 끓는 청춘이니 힘이 들어도 견딜 수 있었다. 영아에게 어렵긴 하지만 내가 돈을 벌어 학원은 다니고 있으니 괜찮다고 하였다.

그런 어느 날, 학원을 마치고 부랴부랴 목욕탕집으로 들어서는데 카운터 방에서 아저씨가 나를 불렀다. 방으로 들어가니 아이 주먹만 한 홍시가 쟁반 가득 담겨 있었다.

그중에서 제일 크고 맛있게 생긴 감을 하나 집은 아저씨가 감을 나에게 내밀며 아저씨가 살아온 이야기보따리를 풀었다.

초등학교만 졸업한 아저씨가 목욕탕 주인이 되기까지⋯ 아저씨도 공부하고 싶었지만, 형편이 너무 어려워서 할 수 없었노라, 나처럼 일하며 공부하는 학생들을 보면 대견하다 하시며 목욕탕 종업원으로 들어와서 목욕탕 주인이 되기까지 웃고 울며 견디어낸 세월을 이야기해 주셨다. 그러면서 '큰 부자는 하늘이 내지만 작은 부자는 열심히 일하는 사람이 차지한다.'며 인내심을 가지고 열심히 살다 보면 좋은 날이 반드시 올 것이라고 했다. 어려운 환경에서도 공부하는 내 모습이 자랑스럽다고 하시면서,

─뭐가 되고 싶어 그리 열심히 공부하느냐?

하고 물었다.

사실⋯ 내가 가진 꿈은 맹랑하게도 국회의원이었다. 우리 집 벽에는 물론이고 동네 집집이 국회의원 얼굴이 찍힌 달력이 벽에 붙어있는 것을 보며 막연하지만 나도 국회의원처럼 달력의 인물이 되고 싶었다.

그러나 공부를 하기 전엔 누구에게도 말 한 적이 없이 나 혼자만의 꿈이었지만 중학교 졸업장을 손에 쥐어보니 국회의원이 되는 길을 알아보고 싶었다.

아저씨에게 국회의원이 되고 싶다고 말씀드렸다. 그랬더니 아저씨가 바로 "왜 국회의원이 되고 싶으냐?" 물었고 평소에 내가 가지고 있던 나처럼 도움이 필요한 사람들에게 꼭 맞는 법을 발의해 그 소용 가치를 높이고 싶다고 말씀드렸다.

횡설수설한 내 말에 동의라도 하는 듯 아저씨가 고개를 끄덕이시며 내 등을 두드려 주었다. 기특한 청년이라며… 어깨를 쓰다듬고 손을 잡아주시며 "반드시 네 꿈이 이루어지도록 돕겠다."라는 말씀과 함께 10,000원이 든 봉투를 손에 쥐어 주었다.

그렇게 나는, 목욕탕집 주인인 아저씨와 영아의 따뜻한 배려와 격려를 받으며 공부에 더욱더 매진하였다. 그런데… 아저씨와 영아의 따뜻한 말 한마디가 전해질 때마다 고맙기도 하지만 고향에 두고 온 가족 생각으로 시도 때도 없이 불어오는 찬바람에 가슴 한쪽이 스산했다.

성환이 형과 함께 목욕탕집 가정교사로 들어간 지도 일 년이 지났다. 영아가 중3이 되며 고등학교 입학준비에 더욱 박차를 가하며 공부하였고, 나는 4개월여 남은 대입검정고시 준비에 정신이 없었다.

그런 어느 날, 부처님과 하느님처럼 의지하는 성환이 형이 울산에 있는 현대자동차 공장으로 취업이 되었다고 했다. 당연지사 축하해야 할 일인데 마음이 쓸쓸했다.

이제, 정말 작별이었다. 형을 끌어안으며 축하한다고 고래고래 소리를 질렀다. 진심으로 형이 잘된 것이 좋았다. 아저씨와 영아도 형의 취업을 진심으로 축하해 주었다.

형이 짐을 꾸리는 걸 가만히 보고 있자니 처음 만났던 그날이 어제처럼 선명하게 다가왔다. 나를 위기에서 구해준 고마운 형. 중학교 졸업장밖에 없는 나를 내칠 수도 있었겠지만, 선생님의 길을 열어준 의리 있고 배려 깊은 성환이 형. 형과의 인연으로 이어진 아저씨 내외분과 영아와 환이의 잊지 못할 인연의 고리가 끊기지 않고 오래오래 갈 수 있기를 마음속으로 빌었다.

콧잔등이 시큰거렸다. 문을 열고 살며시 방을 나와 쪽마루에 앉았다. 형이 가방을 들고 나왔다.

―반드시, 꼭 다시 만나자!

형이 나의 손을 굳게 잡았다. 마당을 가로질러 나가는 형의 뒷모습을 보자 형을 보내고 살아갈 내 앞날이 걱정되었다. 나는 또 이렇게 낙동강 오리알 신세가 되는 것일까.

07

내 고향 앞산
아미산

전라남도 곡성군 목사동면 나의 고향 집에서 바라다보는 580m의 아미산. 우리 집에서 바라보는 아미산은 지형이 가파르고 험난한 돌산으로 악산이라고 할 수 있다.

1면은 호남고속도로를 끼고, 2면은 목사동, 3면은 목사 서동이며, 4면은 순천시 주암 마을을 바라보고 있다.

어린 시절, 바위산인 아미산을 뒷동산처럼 오르내리며 토끼와 노루 등을 쫓다가 돌부리에 차여 넘어지기 일쑤였다. 우리 집에서 바라보는 아미산은 왜 저리 악산일까. 집 앞으로 보이는 바위산 때문에 아버지가 돌아가시고 나도 중학교에 진학 못 한 건 아닐까 궁금했지만 풀지 못했다. 그저, 산나물이 지천인 봄이면 가족들과 함께 산나물을 채취하여 삶아 말렸다.

솥단지를 지고 산으로 올라가 불을 지펴 물을 끓이면 어머니와 여동생이 채취한 취나물을 삶아 그늘에 널었다. 산바람 강바람에 나물이 꼬들꼬들해지면 지게에 얹고 산에서 내려와 하루 이틀 그늘에 더 말린 후, 5일 장이 서는 석곡 장터로 가지고 나가 팔았다.

내 멋에 겨워 아미산을 오를 땐 휘파람을 쌕쌕 불며 신명이 났다. 그리운 사람을 마음으로 그리며 아미산을 오르면 새소리와 물소리가 다정하게 들렸다. 아미산은 내가 중학교에 진학하지 못하고 혼자 설움을 삭일 때 가장 든든한 벗이었지만, 중학교를 진학한 친구들이 저 멀리 보성강 나루터에 서 있으면 산이 왜 여기 있는가… 원망스럽기도 했다.

그렇게 나에게 기쁨과 슬픔을 함께 주었던 아미산엔 그리운 아버지가 잠들어 있고… 청상 어머니가 할아버지, 할머니의 혹독한 시집살이로부터 쉴 수 있는 유일한 공간이었다. 그 누구에게도 내색할 수 없는 외로움을 어머니 마음대로 쏟아내며 설움을 삭이던 곳. 그곳이 바로 아버지 산소와 '천태암'이었다.

중국 3대 영산. 쓰촨 성에 있는 아미산과 규모는 작지만, 산세가 비슷한 곡성군 목사동의 아미산. 아미산 천태암은 신라 문무왕 5년(665년) 혜암율사가 창건한 고찰이다.

고려 명종 25년(1195년)에 유명한 보조국사께서 지리산 상무주암에서 수학을 마치고 구산선문 태안사에 관심이 있어 둘러보던 중, 뜻을 세워 자연석굴에 16 아라한을 모시고 법당과 요사 채를 짓고 후학을 양성했다.

불교가 꽃피던 시절, 18군데의 사찰이 번성하였지만 모두 유실되고 천태암天台庵만이 남아있다. 나의 고향 지명이 목사동인 것에는 뜻이 깊다. '18군데 사찰이 있는 마을'로 파자破字 형식을 빌려 붙인 바로 '목사동木寺洞'인 것이다.

가내 무고와 가문의 영달을 위해 무던히도 오르내린 어머니의 발자국이 서린 아미산은 보성강의 쪽빛 물빛과 발아래 구름을 거느렸다. 아미산 산그늘을 품은 보성강의 해 질 녘 풍경은 주황 물결이고, 해가 뜨는 아침 보성강은 은빛으로 빛났다. 초가을, 일교차가 심할 때면 아미산에서 바라보는 보성강의 물안개가 그야말로 장관이었다.

뭉글뭉글 뭉그르르, 마치 구름처럼 스멀스멀 알 수 없는 형태를 만들다 해가 떠오르면 흔적 없이 사라지던 요술 상자 같았다. 손에 잡히지는 않지만 언젠가는 만날 수 있는 보물이 들어있는 요술 상자. 보성강의 물안개를 보며 내 인생에도 요술 상자 하나 갖고 싶다는 욕망이 일었다.

성환이 형이 그렇게 울산으로 떠나자, 목욕탕집 영아의 입주 가정
교사도 바뀌었다. 목욕탕 아저씨는 중학교 진학 준비로 전 과목을
모두 가르쳐야 하는 환이를 계속 나에게 맡기고 싶어 했지만, 성환
이 형도 없이 대입검정고시를 준비하는 나는 내 공부만도 벅찼다.

　계속 목욕탕집에 있을 수도, 그렇다고 방을 얻어 어디로 나갈 수
도 없었다. 그러자 아저씨가 대입검정고시를 치를 때까지만이라도
환이를 가르치며 공부하는 것이 어떻겠냐고 하여 못 이기는 척 눌
러앉았다.

　천에 하나라도… 만약, 내가 대입검정고시에서 낙방한다면 내 인
생의 행로도 변경해야 할 것이다.

　밤을 낮 삼아 공부를 하다 보니 코피가 줄줄 터졌다. 두루마리 휴
지를 찢어 돌돌 말아 코를 막았다. 그런 나를 지켜보던 영아가 찹쌀
떡과 비타민을 책상 위에 놓고 나갔다. 무척 고마웠지만 고맙다는
말을 하지 못하고 빤히 쳐다만 보았다.

　―힘내, 오빠! 오빠 꼭 훌륭한 사람이 될 거야.

　영아가 오른팔을 접어 파이팅을 속삭였다. 고맙다는 말 대신 그
냥, 싱긋 웃음으로 답했다.

　손에 쥐어지는 게 적은 신문 배달을 그만두고 트럭을 가진 사람이
도매시장인 양동시장에서 채소를 떼어 싣고 소매상 점포로 가면 채
소를 트럭에서 내려 소매상까지 운반하는… 그야말로 등짐을 져 나
르는 일을 시작했다. 새벽 4시에 목욕탕집을 나와 5시부터 시작되는

등짐이 8시에 끝나면 서둘러 학원으로 달려갔다.

빵과 라면으로 끼니를 때우고는 책상 앞에 앉으면 온몸이 무너져 내리듯 나른하니 쉬고 싶은 충동이 일지만 쉬어가서는 안 되었다. 눈을 부릅뜨고 글자 한 자 한 자를 머릿속에 넣었다.

통행금지에 걸리지 않도록 학원에서 시간을 맞춰 나왔다. 목욕탕 집까지는 버스로 40분여 걸렸다. 버스를 타고 가는 40여 분이 정말 이지 꿀맛 같은 시간이었다. 꾸벅꾸벅 졸기도 하고 거리의 불빛 구경 도 했다. 중학교 진학을 못 했을 때 친구들을 보면 창피함과 부러움 이 앞섰지만, 이제는 고등학교 교복을 입은 친구들을 봐도 부럽지 않았다. 친구들이 정규학교에 다닐 뿐 나와 다르다는 생각을 하지 않았다.

버스가 정류장에 도착하자 살레지오 고등학교 남학생들이 무리 지어 탔다. 학생들이 이리저리 흩어져 자리를 찾아가 앉고 비어 있 던 내 옆자리에도 학생이 앉았다.

크지도 작지도 않은 키에 콧날이 우뚝 서고 입술이 두툼하니 눈빛 에서 광채가 흐르는 반듯한 외모의 학생. 단정하고 깔끔했다. 남학 생 인상이 각인되듯 내 머릿속으로 들어왔다.

부잣집 아들일 것 같았다. 옆자리 친구를 훔치듯 보는데 갑자기 콧잔등이 찌릿하더니 코피가 터지기 시작했다.

08

아미산과
내 친구 이정현

　새벽 4시부터 자정이 가까워져 오기까지 숨 돌릴 틈조차 없는 나의 생활. 너무 무리한 탓인지 시도 때도 없이 터지는 코피가 멈추지 않고 나를 괴롭혔다. 공부도 좋고 시험도 좋지만, 사람이 먼저 살아야 할 것 아니냐며 어머니께서 고향 집으로 와 쉬라고 성화였다. 정말이지 쉬고 싶어도 핑계가 없던 차 잘된 일이라 생각하고 광주 터미널로 나가 석곡 행 버스에 몸을 실었다. 그런데….

　얼마 전, 학원 다녀오는 길에 옆자리에 앉아있던 살레지오 고등학생이 올라와 뚜벅뚜벅 걸어오더니 내 옆자리에 앉았다.
　그 많고 많은 사람 속에서 이렇게 또 만나는 수도 있구나! 신기했다. 그랬더니 학생도 나를 기억하는지 씩 웃으며,
　―너는 어디까지 가?

하고 물었다. 방금 만났지만 한 번 본 기억이 있어 그런지 죽마고우처럼 다정하게 느껴졌다.

　―어, 우리 집이 있는 목사동까지.

　그러자 큰 눈을 더욱 크게 뜨고 학생도 목사동이 집이라며 명찰을 보여주었다.

　'이정현'이라고 적혀 있었다. 고등학교 3학년이면 입시를 치르고 발표를 기다리는 숨 막히는 상황일 텐데 너무도 편안해 보였다. 내가 먼저,

　―원하는 대학에 합격한 것으로 보인다.

하고 말을 걸었다. 그러자 정현이는 원하는 대로는 되지 않았지만, 열심히 배워 내 것을 만들 작정이라고, 자신의 꿈은 국회의원이 되는 것이라며 다부지게 말했다. 그리고는, 내 삶의 현주소를 물었다. 3시간여 버스를 타고 가며 내가 걸어온 길을 있는 그대로 이야기했지만, 정현의 당당함 앞에서 내 꿈도 국회의원이라는 말은 하지 못했다.

　내 이야기를 듣는 정현의 입에서 신음처럼 한숨이 나왔다. 어려운 환경에서도 좌절하지 않고 도전하는 그 정신이 정말이지 대단하다고 하며 "오늘에 충실하고 진실한 마음으로 최선을 다하면 반드시 성공할 것이며 이 모든 것이 옛날이야기처럼 그리울 것."이라며 나를 격려해 주었다.

　세 시간 동안 우리들의 이야기는 끝이 없는데 버스가 석곡 터미널

에 도착했다. 정현이가 내 손을 잡으며 말했다.

─이제 우리는 친구다!

학년은 내가 3년 뒤처지지만, 나이가 같으니 친구라고. 광주에서는 할머니와 둘이 살고 있으니 매일 자기 집으로 와 같이 공부를 하자고 말했다.

목사동과 목사동… 고향은 같아도 정현이 집과 우리 집은 아미산을 사이에 두고 정반대에 살고 있었다. 정현이가 사는 목사동 동암 마을에서 바라보는 아미산 풍경이 어떤지 궁금해졌다.

목욕탕집보다 광주 정현의 집에서 할머니가 해 주시는 밥을 먹으며 공부를 했다. 또래인 정현과 함께 공부하니 각자 한 문제씩 내도 두 문제를 푸는 좋은 결과를 얻었다. 이미 대학에 합격한 것과 다름없는 정현이는 대입검정고시가 두 달여 남짓 남은 나를 배려해 수학과 영어를 가르쳐 주었다.

두 달이라는 길다면 길고 짧다면 짧은 시간 동안 정현의 집을 내 집 삼아 들락거리며 공부를 했으며 밥을 먹고 잠을 잤다.

드디어, 대입검정고시를 치르는 날.

목욕탕 영아네 집에서 나오자 정현이 다가오며 오른팔을 들어 손바닥을 폈다. 멋지고 힘차게 파이팅을 외쳤다. 이제, 목욕탕집 영아네와 내 소중한 친구 정현이, 우리 가족을 위해 나는 반드시 합격해야 했다. 그러나 새벽에는 신문 배달과 채소를 배달하고, 오전 10시부터 오후 3시 사이 다섯 시간 동안 공부하고, 오후엔 환이 과외를 해야 하니 공부가 잘 안 되었다. 대입검정고시 첫 낙방의 고배를 마셨다.

반드시 되어야 했지만, 실력이 모자랐다. 그런 내 모습이 딱해 보였는지 정현은 언제고 환영이니 목사동 면사무소와 가까운 동암 마을 자기의 시골집으로 놀러 오라고 말했다.

살랑 바람이 코끝을 간지럽히고 봄꽃이 흐드러지던 날. 염치도 없이 정현의 집으로 놀러 갔다. 정말이지 보잘것없는 나를 친구로 아껴주는 정현도 참 고마웠지만 마치, 아버지 어머니처럼 나를 반갑게 맞아주시는 부모님이 더욱 고마웠다.

뾰족한 새순이 키를 키운 산나물 볶음에 멸치 볶음과 닭볶음, 쇠고기 미역국을 먹으며 내 인생에 정현이 같은 친구가 있다는 게 커다란 축복이라고 생각했다. 정현이의 일념인 국회의원이 반드시 될 수 있기를 간절히 빌었다.

정현의 집에서 아미산을 바라보니 그 풍광이 우리 집과는 전혀 딴판이었다. 우리 집 앞 아미산이 바위로 형성된 거칠고 위험한 악산이라면 정현의 집에서 바라본 아미산은 웅장함을 동반한 마치, 어머니 품처럼 아늑하고 포근했다. 1면은 호남고속도로에서 보니 그렇다 치고, 남은 세면 중 한 면인 순천시 주암에서 바라보는 아미산 풍경이 궁금했다.

석곡에서 버스를 타고 순천 주암으로 갔다. 저 멀리 보이는 아미산이 마치, 동화책 속에 나오는 봄 동산처럼 느껴졌다. 여기저기서 요정들이 뛰어나올 듯 동글동글하고 아기자기하며 예뻤다.

그래, 이거야! 나도 모르게 무릎을 쳤다. 산꼭대기 정상은 하나다. 그러나 오르는 과정은 서로 다르니 용기 잃지 말고 도전하라고 아미산이 말해 주는 것 같았다.

정현 집에서 바라보는 아미산이 주는 운치처럼 정현은 어머니 품처럼 아늑한 가정환경에서 순탄하게 공부를 하며 동국대학교에 합격하여 서울에서 꿈을 키우고, 나는 우리 집에서 바라본 아미산의 정취대로 험난하고도 힘든 여정을 거치며 정상을 향해 힘들게 오르고 있다. 그렇다면 순천시 주암에서 바라본 아미산이 던지는 메시지는 무엇일까. 그 동화 속 숲처럼 동글동글하고 아기자기한 순수와 천진함, 아마도 우리나라의 대표 동화 작가인 고故 정채봉 선생님을 말하고 싶은 건 아닐지. 나 혼자 이런저런 추측으로 전라남도 곡성군 목사동 대곡리 우리 집 앞 아미산의 정기에 대해 다시 한 번 생각해 보았다.

09

강일원이 잡은
두 번째 경사

1979년 4월.

봄이라고는 해도 품으로 파고들어 오는 바람이 아직은 찼다. 작년 대입검정고시에 낙방하고 보니 대입검정고시를 치르는 것이 불안했지만, 열심히 공부했으니 공부한 것만 머릿속에 잘 넣었다가 풀어낸다면 문제없을 것 같았다.

검정고시는 시험장의 연령대가 들쭉날쭉하였다. 마흔 살도 넘어보이는 아저씨가 있는가 하면, 열댓 살밖에 안 되었을 것 같은 앳된 학생도 있었다. 모두 어떤 사연을 안고 있는지 모르지만 정규 학교에 다니지 못한 사람들의 사정은 서로 비슷할 거란 생각이 들었다. 어려움을 딛고 공부한 만큼 모두 합격의 영광을 안고 사회에 꼭 필요한 사람들로 자리 잡을 수 있기를 바라며 첫 시간 시험지를 받았다.

수수 많은 직업을 전전하며 공부한 결과 고입검정고시에 합격한 지 3년 만에 대입검정고시에 합격했다. 합격을 하고 나니 두루두루 좋았지만 좋은 게 또 한 가지 있었다. 할아버지가 나를 '대단한 놈!' 으로 인정한 것이다.

콩으로 메주를 쑨다 해도 눈길 한번 주지 않던 할아버지가 내 말이라면 척척! 그냥 들어 주셨다. 할아버지에게 무엇을 요구할까. 요구 사항을 적어 나열해 적어보았다.

버스 안내양을 하던 여동생 구순이는 안내양을 그만두고 문래동에 있는 방직공장에서 열심히 일하고 있으니 됐고, 막냇동생 태원이는 내가 걱정하지 않아도 할아버지가 중학교에 보내줬으니 됐다. 그런데 어머니를 적다 보니 나도 모르게 목울대가 뜨거워졌다.

아버지가 없는 집안에 어머니의 교육은 무척 엄했다. 집안 식구들 말보다는 남의 말을 더 민감하게 의식했다. 매를 들지 않아도 될 일에도 남을 의식해 매를 드는 어머니. '애비 없는 자식 버릇없다.'는 소리를 듣는 건 죽는 것보다 못한 일이라며 불같이 화를 냈다. 그것이 스트레스를 해소하기 위한 어머니만의 방법이라는 걸 어렴풋이 알면서도 답답한 어머니 속마음을 풀어 줄 줄을 몰랐다.

할아버지와 할머니는 혹여, 어머니가 재혼하여 조손가정이 되면 어쩌나 걱정이 많았다. 어머니의 행동 하나하나에 신경을 곤두세워 어머니의 행동반경이 곡성을 벗어나지 못했다. 그야말로 창살 없는 감옥이나 다름없었다. 가족 중 그 누구도 사십 대 중반을 살아가는 청상 어머니의 허허로운 외로움과 괴로움을 알지 못했다. 외로움이고 서러움이고 그냥 숙명으로 받아들이고 어머니 혼자 삭여야만 했다.

내 나이 스무 살이 넘어서야 어머니의 외로움을 조금 알아챘다. 여자로 세상에 오셔서 사랑도 모른 채 얼떨결에 자식 셋만 껴안은 가여운 우리 어머니! 어떤 방법으로 어머니를 기쁘게 해 드려야 좋을지 궁리가 서지 않았다.

할아버지에게 인제 그만 어머니의 외출을 부탁해 봤지만, 씨알도 먹히지 않는 가당찮은 일이었다. 이제, 대학에 진학하기 위해 서울로 갈 수도 있는데… 그러면 광주에 있을 때보다 가족을 위해 쓸 시간도 없을 텐데 어머니에게 아무런 힘도 되어주지 못하고 걱정만 만드는 자식이라 생각하니 가슴이 답답했다. 내가 어떻게 해 드려야 어머니에게도 삶의 재미가 있을까.

가끔 담양에 있는 아재네 집엘 가시고 싶다고 했다. 오랜 세월 우리와 이웃하여 살던 아재는 아버지와 형제보다 더 다정했다. 바깥들이 그리 다정하다 보니 안 사람들끼리도 다정하여서 할 말 못 할 말, 속을 모조리 뒤집어 보여도 좋았었다고 했다. 그런 아재 부부가 보고 싶어도 어른들 허락이 없어 볼 수가 없었다고. 어머니가 그립고 보고 싶은 사람은 담양에서 사진관을 하며 사는 아재였다.

중학교 진학부터 부탁을 퇴짜 맞아 그런지 할아버지 앞에서 어머니 이야기를 꺼내기가 어려웠다. 그러나 이때를 놓치면 상황이 어떻게 달라질지 알 수 없었다. 마음을 단단히 먹고 할아버지, 할머니 앞에 앉았다. 그리고는 어머니가 바라는 일을 말씀드렸다.

내가 걱정한 것이 무색할 정도로 할아버지가 흔쾌히 어머니의 담양행을 허락해 주었다. 이제, 어머니가 맘껏 다닐 수 있는 통로가 마련되었으니 내가 어디로 가서 있든 어머니 걱정 한 가지는 덜어 낸 것 같아 참 좋았다.

10

별세계,
서울로의 상경

대입검정고시에 합격하자 나 자신이 자랑스럽고 세상을 다 얻은 듯 뿌듯했다. 다른 사람들에게는 별것 아니겠지만, 우리 집안에서는 경사 중의 경사였다. 더욱이 서울의 강남 학동사거리 부근 부잣집에서 가정부로 일하는 이종사촌 누님에게 나는 자랑거리이자 누님의 처진 어깨를 올려주는 힘이었다.

—우리 이종사촌 동생은 머리가 얼마나 좋은가 초등학교만 나왔는데도 저 혼자 공부를 해 대학교에 간대요.

이종사촌 누님의 넘치는 자랑에 사모님이 귀를 기울였다. 그리고는 바로 누님을 통해 나를 서울로 불렀다.

이제, 서울이다!

상상도 할 수 없었던 서울에서 나의 인생이 시작된다고 생각하니 가슴이 설레었다. 광주역에서 출발하여 굉음을 지르며 달려나가는 호남선 열차를 볼 때마다 '나는 언제 호남선을 타고 서울엘 가보나.' 아득했는데 서울이라니! 아무리 이종사촌 누님이 있는 사모님 집이라도 내가 서울에 가서 산다는 게 믿기지 않았다.

목사동 고향 집에서 할아버지와 할머니, 어머니와 동생들에게 작별인사를 했다. 가서 어떤 일이고 잘할 테니 걱정 놓으시라고, 이젠, 장남인 일원이가 대학생이 되어 돈도 벌고 공부도 열심히 할 테니 조금만 기다려 주시라고 힘주어 말하여 싱긋 웃음을 보여 주었다.

대입검정고시에 합격하고 나니 매사에 자신감이 붙었다. 무엇이든 열심히 하는 사람에게는 그만큼의 보상이 반드시 따른다는 것을 내가 직접 경험했으니 겁날 것이 없었다.

석곡 터미널에서 버스를 타고 광주로 나와 역으로 가기까지… 제발 현실이 꿈이 아니기를, 내가 사모님 맘에 들어 가정교사로 일하며 공부할 수 있기를 빌었다.

서울역에서 내려 버스를 타고 역삼동으로 갔다. 버스 정류장에 내리니 이종사촌 누님이 나를 기다리고 있다가 얼른 다가와 손을 잡았다.

—불뚝 심은 버리고 잘해야 한다.

누님이 내 성격을 걱정하고 있었다.

본래 내 성격은 불뚝 심이 심했었다. 맘대로 되는 일이 없으니 그 성격이 종종 튀어나와 어머니의 근심이 되곤 했지만, 대입검정고시에 합격하기까지 객지를 떠돌며 별의별 사람살이를 다 경험한 강일원은 자신의 성격을 다스릴 줄 알게 됐다. 그래도 혹시나… 누님은 나도 모르는 사이 그 불뚝 심이 나올까

―참을 인忍자 세 번이면 살인도 면한다더라.

라는 말로 당부했다.

누님을 따라 들어간 사모님 댁은 정말이지 궁궐 같았다. 봄꽃이 흐드러지게 피어나고 손톱만큼 나온 나무의 새순이 연둣빛을 띠었다. 만약, 정말이지 선계가 존재한다면 이런 곳이 아닐까. 눈이 어디를 봐야 할지 몰랐다. '이렇게 잘사는 사람들도 있구나!' 입이 벌어져 다물어지지 않았다.

양탄자가 깔린 거실 소파에 앉아 사모님을 기다렸다. 잠시 후 밤색 긴 치마에 하얀색 스웨터를 어깨에 살짝 걸친 귀티가 넘치는 아주머니가 내 앞으로 다가왔다. 얼른 일어서자 그냥 앉으라고 손짓하며 "어려운 환경을 딛고 훌륭한 일을 해냈다."고 하더니 내가 가르쳐야 할 학생이 영동 고등학교 2학년이며 나보다 두 살 아래라고 했다.

기가 막혔다. 아무리 내가 천재라도 정규 중학교도 못 다니고 고등학교까지 검정고시로 이제 막 대입검정고시 통과한 놈이 정규 고등학교 학생을 가르친다는 게 말이 안 되었다.

솔직히 그 일은 자신이 없다고 말씀드렸다. 여기서 일자리를 얻지 못해 고향으로 되돌아갈망정 거짓말을 하고 싶진 않았다. 그러자 사모님이 나를 부른 건 역삼동에서 사모님의 자녀를 가르쳐 달라는

것이 아니라고 했다.

얼마 전, 갑자기 세상을 떠난 형부 때문에 방황하는 사모님 언니의 아들이 우울증에 빠져 친구가 필요하다면서, 그 조카와 친구도 되어주고 공부도 같이하면 어떻겠냐고 물었다. 조카가 사춘기를 심하게 겪고 있으니 운동도 같이해 주면 더욱 좋고, 세 살 터울이니 형처럼 동생처럼 지내보라고 했다.

늘, 혼자 힘들게 공부하던 나에게 내 공부도 할 수 있고, 또 친구도 생기니 사모님의 제안은 꿩 먹고 알 먹고… 맘에 쏙 들었다.

그러마 하고 동생이라 생각하고 잘해 보겠다고 말했다. 그러자 어디론가 전화를 거는 사모님이 수화기를 놓으며 "내일 언니 집으로 갈 것."이라고 말했다.

이종사촌 누님이 차려온 다과상을 보았다. 케이크와 우유였다. 제과점 유리 벽 너머로만 보았던 케이크가 지금 눈앞에 있다. 무슨 맛일까?… 떨리는 손으로 포크를 들어 케이크를 찍었다. 가슴이 쿵쿵 소리를 질렀다. 케이크를 입안에 밀어 넣었는데…

이건 꿈이었다. 내가 신선이 되어 천상에서 먹는 맛! 밀가루 맛은 온데간데없어지고 입 안 가득 퍼지는 향과 혀를 감싸고 눈 녹듯 녹는 케이크에 황홀했다. 정말 어떤 낱말로도 표현할 수 없는 신비의 맛이었다. 이종 누님이 일하는 이곳에서 사모님의 아이들을 가르치고 싶었지만 내가 갈 곳이 따로 있다니 잠이 오지 않았다. 내가 갈 곳은 어떤 사람들이 어떤 모습으로 사는 집일까.

11

왕따의 실체를 경험하다

아침을 먹고 떠날 채비를 차렸다. 마치, 소풍 가기 전날처럼 기분이 설레기도 하고 서울이 처음이니만치 불안하기도 했다. 누님이 내 등을 두드리며,

―넌 뭐든지 다 할 수 있어.

하며 용기를 주었고, 사모님은 나에게 한 달 분의 버스 토큰을 주며,

―우리 집에 오고 싶으면 언제라도 놀러 와.

말썽쟁이지만 조카를 잘 부탁한다고 말씀했다.

잠실 4단지 아파트였다. 마치, 성냥갑처럼 쌓여있는 건물에서 사람들이 살고 있다는 게 답답하게도 느껴졌지만, 신기하기도 했다.

아파트 문을 열고 들어가자 사모님의 언니가 나를 반겨 주었다. 남편 상중이라 그런지 얼굴에 어두운 그림자가 짙게 깔렸고 집안 분위

기도 무거웠다. 내가 어떻게 처신해야 좋을지 잠시 생각에 빠졌다.

3녀 1남인데 아이들은 모두 학교엘 갔다는 말로 입을 연 아주머니가 나에게 몇 가지 당부의 말을 하고 싶다고 했다.

첫째는 사춘기에 접어들어 반항심이 강한 병엽이를 공부를 가르치는 선생님으로 보다는 형으로서 동생을 대하듯 따뜻하게 감싸 안아 달라는 것과 둘째는 엽의 말에 토를 달아 다혈질 엽을 화나게 하여 분란을 일으키지 말라는 것이었다. 공부는 그냥저냥 엽이가 하는 대로 따라가면 되니 그렇게 해 달라고 당부했다.

조곤조곤 따지듯 말씀하는 스타일이 목소리가 하이톤으로 경쾌한 사모님과 사뭇 달랐다. 그러마 하고… 잘할 테니 걱정 놓으시고 지켜봐 달라고 말씀드렸다. 지금껏 내가 살아온 길을 되돌아보면 아주머니의 주문은 아무것도 아니니까 자신 있었다.

그러나… 내가 택한 그 길은 정말이지 고행의 길이었다. 딸이 세 명에 아들이 한 명인 엽이 집. 위로 딸들은 대학생으로 나와는 말도 섞지 않았고, 나 역시 관심 없었다.

예비고사를 준비하는 나의 공부와 고등학교 2학년인 엽의 공부는 달랐다. 그렇지만 내 공부를 잠시 접더라도 엽과 함께 공부하며 친해지고 싶었다. 엽이 학교에 간 시간, 나 혼자서 엽과 함께 공부할 수 있는 계획표를 궁리하여 짰다.

학교에서 돌아온 엽이가 공부는 뒷전이고 텔레비전을 보고, 음악을 들으며 빈둥거리고 있었다. 엽에게 다가가 함께 공부하자며 내가 적은 계획표를 보여주었다. 그러나 엽이는 계획표도 나도 본체만체 무시해 버리는 것이 아닌가. 황당했지만 마음을 다스리고 다시 한 번 계획표를 건네줬지만, 눈길 한 번 주지 않았다.

　가타부타, 잘했다 잘못했다 말이 없으니 속이 터졌다. 그림자에 대고 말을 해도 그보다 낫겠다는 생각이 들었다. 마치, 나를 쳐다보는 눈빛이 벌레라도 보듯 자기들끼리 이야기하고 키득거렸다.
　며칠이 지나도 나와 엽의 교류는 이루어지지 않았다. 나를 쳐다보지 않고 무시해 버리니 무어라 말 붙일 용기도 없었다. 그들에게 있어 나는 정서적으로 교류하는 인간이 아닌, 그냥 투명인간이었다. 있어도 보이지 않고, 아무리 떠들어도 들리지도 않는 있으나 마나 한 존재.
　왕따가 이런 것이구나! 그 소외감에 처음으로 죽고 싶다는 생각을 해 보았고, 견디기 힘든 엄청난 정신적 고통에 시달렸다.

　한 달이 지났지만 달라지는 건 아무것도 없었다. 여전히 엽이 눈에 나는 벌레였고, 투명인간일 뿐이다, 나의 목표인 공부는 고사하고 심신이 황폐해 질대로 황폐해져 갔다. 이제 더는 참고 견딜 수가 없는 지경에 이르렀다. 차라리 고향으로 내려가 농사를 짓고 살더라도 맘이나 편했으면 좋겠다는 생각뿐이었다.
　며칠 동안 밤잠을 설치다가 어머니께 내가 처한 현실을 말씀드렸다. 이종사촌 누님이 데려갔으니 잘 있겠거니 믿었는데 웬일이냐며 놀란 어머니가 예비고사가 얼마 남지 않았으니 우선은 영등포구 신정동에 사는 먼 친척 할아버지 댁으로 가라고 알려주었다. 임시방편으로 그곳에 가서 공부하고 있으면 어머니와 여동생인 구순이가 돈을 마련하여 방을 얻도록 해 주겠다는 것이다.

어머니와 동생에게 정말이지 면목없는 일이지만 어쩔 수가 없었다. 이 고비를 잘 참고 넘겨야 하는 것만이 어머니와 동생에 대한 나의 도리라 생각했다.

솔직히 내가 공부를 하려고 발버둥 치는 데는 나 혼자 잘 먹고 잘 살려는 욕심에서가 아니다. 사방팔방 둘러봐도 비빌 언덕은 고사하고 두럭조차 없는 우리 집! 나는 가난과 무식을 대물림할 수 없다는 강한 의지로 공부를 택했지만, 남들 눈에는 어머니와 여동생을 고생 고생시키는 몹쓸 놈일 것도 같았다. 정말이지 어떻게 해야 하나… 이대로 공부를 접고 취업 전선에 뛰어들어 그냥저냥 먹고 살아야 하나… 대입검정고시 합격 후 치솟던 자신감이 나락으로 굴러 떨어졌다.

어머니 말씀대로 신정동에 있는 할아버지 댁을 찾아갔지만 나를 보는 할아버지 가족의 눈초리가 너무도 냉랭했다. 눈칫밥을 먹자니 목이 메어 넘어가지 않고 목구멍에 걸렸다.

내 방이라고 정해진 방을 보니 방이 아니라 물탱크 창고였다. 엄동설한에 그것도 옥탑방에서 지내자니 매서운 추위를 견딜 수가 없었다.

갈 곳도 없으면서 짐을 싸 친척 할아버지 집을 나왔다. 한 겨울밤 매서운 바람과 눈보라가 사정없이 나를 후려쳤다. 귀가 떨어질 듯 아프고 저려왔다. 어디로 가야 할지 모른 채 나는 통행금지가 임박한 거리를 뚜벅뚜벅 걸어 내려갔다.

매서운 바람을 피해 빌딩 틈새에 몸을 기대고 곰곰 생각해보니 갈 수 있는 곳이라고는 학동 누님의 언니인 신월동에 사는 이종사촌 누님 집뿐이었다.

어둠을 뚫고 길을 물어가며 한 시간 정도 걸었을까. 저만치 길게 늘어선 판잣집에서 불빛이 새어 나왔다. 떨리는 손으로 문을 두드렸다. 나를 본 누님이 깜짝 놀라더니 손을 잡으며 반겨주었다. 얼어 터질 지경인 몸뚱이가 온기를 마주하니 스멀스멀 가렵고 쓰라렸다. 뜨거운 눈물을 주체할 수가 없었다.

천장을 바라보며 누워 생각하니 이 작은 몸뚱이 들이밀 곳 한군데 없는 내 신세가 한없이 처량했다. 또다시 어디론가 흘러가야 한다면… 공부고 뭐고 모두 다 잊고 싶었다. 아무 생각 없이 칩거하듯 살며 나를 돌아본 후 행로를 정하고 싶었다.

12

GOP에서
나라 사랑하는 법을 굳히다

사나이로 태어나서 할 일도 많다만
너와 나 나라 지키는 영광에 살았다.
전투와 전투 속에 맺어진 전우야
산봉우리에 해가 뜨고 해가 지면은
부모 형제 나를 믿고 단잠을 이룬다!

우리나라는 세계 유일의 분단국가다. 그런데도 군 입대는 될 수
있으면 피해 보고자 하는 사람들이 많다. 그것은 군 복무 기간을
죽어있는 시간으로 보는 경향이 짙기 때문일 것이다.
　하지만 내 생각은 다르다. 남자라면 반드시 군대를 다녀와야 하고
나라 사랑의 진정한 의미를 알아야만 한다. 나를 믿고 단잠을 이루
는 많은 사람이 있으니 이 얼마나 멋지고 보람된 일인가.

신체적으로 평발이며 키가 작은 나는 신체적 조건을 따져 군대를 면제받을 수 있었고, 편모슬하에 어린 동생들과 연로한 조부모님이 계시니 그 또한 면제 대상이 될 수 있었다. 그러나 나는 반드시 군대에 가고 싶었다. 그것은 대한민국 남자로 태어났으니 당연한 일이라 생각했다.

학창시절, 단 한 번도 제복을 입어보지 못했으니 군 입대로 녹색 제복에 모자를 눌러쓰고 나 혼자가 아닌, 무리의 일원으로 단체생활을 해 보고 싶은 것도 그중의 한 가지였다.

1980년 4월 28일. 기대가 크면 실망도 크다고 했던가. 이종사촌 누님의 추천으로 갔던 서울 길. 촌놈 서울 만만히 봤다가 혼이 나고는 아무 덧정도 없었다. 내가 택할 수 있는 유일한 통로인 군 입대를 결심하고 내 살아온 길 만큼이나 푸대접을 받던 머리카락을 짧게 잘랐다.

나를 본 어머니가 안타까움에 발을 구르셨다. 나 역시 공부를 하는 길에 예비고사까지 치르고 싶었지만, 마음의 갈피를 잡지 못하는 현실에서 공부가 되지 않았다. 스무 해 살아오면서 공부라는 족쇄를 차고 단 한 번도 마음 편치 못했으니 육신은 힘들더라도 군대에 있으면 속을 편할 것 같았다.

그러나 내가 논산 훈련소에 입소하기 일주일 전, 강원도 정선군 사북 탄광에서 대규모 노사 분규로 나라 안이 시끄러웠다.

1980년 4월 21일부터 24일까지 4일에 걸쳐 국내 최대의 민영 탄광인 강원도 정선군 동원탄좌와 경영진과 어용노조가 임금을 소폭 인상하는데 타협했다 하여 광부와 그 가족 6,000여 명이 경찰과 충돌하면서 유혈사태로 발전한 대규모 노사분규였다.

가족들이 둘러앉아 점심을 먹는데 어머니가 사북사태에 대해 걱정을 하며 불안해하고 힘들어하셨다. 더 이상은 불똥이 다른 곳으로 튀어서는 안 될 일이라고 하시며 군대에 가서도 앞장서 가려고 그러지 말고 중간만 가라는 말씀을 수차례 했다. 오죽 걱정이 되면 하신 말씀을 자꾸 테이프를 돌리듯 하실까. 몸 건강히 잘 다녀오는 길만이 어머니에게 대한 효도라고 생각하며 광주행 버스에 몸을 실었다.

논산에서 훈련을 마치고 강원도 화천 중부전선 최전방 GOP로 자대 배치를 받았다. 전라남도 곡성 남쪽 끝에서 최북단까지 멀고도 먼 길을 갔다. 자대 배치를 받고 나에게 주어진 임무는 철책선 보초병이었다.

마치, 오뚝이처럼 몸의 균형을 가늠할 수 없을 정도로 옷을 많이 껴입어야만 추위와 맞서 초소에서 보초를 설 수 있었다. 눈 만 보이니 사람의 형태가 아니었다.

　새벽 6시 기상나팔과 함께 시작된 하루는 꼬박 24시간이 지나서
야 교대를 했다. 힘은 들고 고되지만, 나라에서 주는 밥을 배부르게
먹고 아늑한 잠자리에서 잠을 잘 수 있다는 게 참으로 고마웠다.
　24시간 근무 후 교대를 하고 잠자는 시간을 쪼개 공부를 하였다.
선임들이나 동료, 후임들은 가수들의 노래를 듣거나 잡담을 하며 군
생활의 지루함을 털어냈지만, 나에게는 공부가 지루함을 털어내는
명약이 되었다. 반드시, 대학에 진학하리라! 마음을 먹으니 공부도
잘되는 것 같았다.

　그런, 어느 날. 훈련을 다녀오니 소대장님이 나를 불러 면회 온 사
람이 기다리다 돌아갔다고 전해 주었다. 가슴이 두방망이질했다. 우
리 집에서는 죽었다 깨어나도 면회 올 사람이 없고… 그럼 누구란
말인가? 아는 여자는 영아밖에 없는데 영아가 이곳 GOP까지 나를

면회 올 리 만무했다. 궁금증에 잠들지 못하고 뒤척거리다가 '내가 아닐 거야.'라는 결론을 내리고 잠속으로 빠져들었다.

나를 면회 온 사람은 목욕탕집 영아 아버지였다. 아저씨는 나를 성실하고 뚝심 있는 미래가 기대되는 청년이라고 칭찬했다. 영아 맘이 어찌 됐던 아저씨 맘대로 나를 사윗감으로 점찍었으니 열심히 공부하여 뜻을 이루라며 격려해 주었다.

내가 목욕탕집을 나오고도 나에 대한 안부가 궁금한 아저씨는 나의 고향 집에 대고 안부를 묻곤 했다지만 최전방 GOP까지 나를 면회 오실 줄은 몰랐다.

정말이지 아저씨의 마음 씀씀이가 무척 고마웠다. 가족이 아닌 다른 사람이 이렇듯 나를 생각해 주니 더 열심히, 잘 살아야겠다는 각오를 다지며 계급도 상병으로 군 복무 21개월 차에 들어섰는데 '어머니 위독'이라는 관보가 날아들었다.

어머니가 위독하시다니! 갑자기 무슨 일이란 말인가. 정신을 차릴 수가 없었다. 대체 어디가 얼마나 편찮단 말인가! 앞이 캄캄했다. 그 길로 의가사 제대 절차를 밟아 1982년 1월 21일, 21개월의 군 복무를 마치고 상병으로 전역했다.

강원도 동부전선 최전방 GOP에서 전라남도 광주 어머니가 입원한 병원까지 길은 멀고도 멀었다. 마음이 급하니 가는 길이 더욱더 더디게만 느껴졌다.

어머니가 입원한 병원으로 달려갔더니 허리를 심하게 다치신 어머니가 힘없이 나의 손을 잡았다. 엄동설한에 바람에 부러진 나무토막을 산에서 지고 내려오시다 그만 미끄러져 절벽으로 떨어지는 바람에 허리를 많이 다쳐 꼼짝달싹도 못 하셨다.

내 나이 24살. 어머니를 위해 나는 무엇을 했던가. 회한의 눈물이 뺨을 타고 흘렀다. 이제, 내가 우리 집의 가장이다. 대입검정고시도 합격했으니 대학진학은 뒤로 미루고 가족의 생계를 책임지자! 마음의 결심을 열 번도 더 했다.

13

어설픈 나의 첫사랑,

영아

어머니의 병세가 호전되자 내가 군 복무 당시 면회를 와 주었던 유일한 한 사람, 목욕탕집 아저씨를 찾아뵙고 고맙다는 인사를 드리는 게 도리라는 생각이 들었다.

군대 월급을 차곡차곡 모았던 쌈짓돈을 꺼내 귤을 한 상자 샀다. 귤 한 상자가 아저씨가 나에게 보여준 인정에 비하면 아무것도 아니지만, 나로서는 최선을 다한 정성이었다.

산수동 골목으로 접어드니 언제나 이듯 목욕탕 굴뚝으로 뽀얀 수증기가 풀어지며 하늘로 올라갔다.

울산 현대자동차로 취직하여 간 성환이 형은 지금 무엇을 하고 있을까. 이제, 고 3이 되는 영아는 또 어떤 모습으로 변했으며, 늘 아이로만 생각되던 환이는 얼마나 늠름한 청소년이 되었을까… 마치,

고향 집 동구 밖에 도착한 나그네처럼 4년 전 성환이 형과 함께 신나게 걸었던 골목길 추억이 따뜻하게 다가왔다.

건물을 들어서서 카운터를 보니 아저씨가 있었다. 얼른 달려가 카운터에 얼굴을 들이미니 아저씨가 얼른 나오셨다. '단결' 거수경례를 붙이며 "의가사 제대를 명받아 전역했다!"고 보고했다.

아저씨가 놀라 무슨 일이냐고 물었다. 여차여차 그동안 일어난 일련의 이야기를 해 드리고, 내가 군 복무 중 그 멀고 먼 중부전선 GOP까지 나를 면회와 주신 것에 대해 고맙다는 인사를 드렸다.

—그렇게 서 있지만 말고 얼른 안으로 들어와라.

아저씨가 내 손을 잡아끌더니 아주머니를 불러 저녁 준비를 하고 부탁했다.

아저씨가 나의 앞으로 계획에 관해 물었다. 당장은 어머니가 편찮으시니 가장으로서 최선을 다하고 싶다 말씀드렸다. 그랬더니 "실은, 너를 사윗감으로 점찍었으니 공부를 더 해 보는 것이 어떠냐?"고 물었다. 나 역시 공부하고 싶은 맘이야 굴뚝같지만, 여건이 되지 않는다고 했다. 그러자 아저씨가 공부는 때를 놓치면 안 된다는… 뚝심 하나는 대단 한 놈인 너는 반드시 사법시험에 합격하여 국회의원이 되어야 한다는… 그동안 잠시 잊고 살았던 나의 꿈을 일깨워 주었다. 내 마음 저 안으로 밀어 넣었던 향학열이 다시 꿈틀거리며 치고 올라왔다.

1979년, 내가 서울로 가기 전 소녀 중학생의 모습을 완전히 벗은 고등학교 3학년 영아는 키가 훌쩍 크고 날씬하니 처녀티가 났다. 이마에 여드름 드문드문 난 환이 역시 내가 보지 못한 사이 푸릇푸릇한 진초록의 나뭇잎처럼 싱그러운 청소년으로 성장했고, 아주머니도 예전과 달리 세련되어 중년 부인으로서의 우아함을 풍겼다.

변하지 않고 제자리걸음을 하는 건 나뿐인 것 같았다. 여전히 자라다 만 것처럼 작은 키에 통통한 살집. 사람들에게서 가장 많이 듣는 말이 '귀엽다.'였다. 아무리 우직한 표정을 짓고 있어도 귀엽다니 타고난 팔자려니 신경 쓰지 않기로 했다.

혼자 객지를 오래 떠돌다 보니 여자 친구는 생각도 해 본 적 없거니와 여자의 심리상태에 대하여는 더더욱 문외한이었다. 좋아하는 여자가 생긴다면 그저 내 방식대로 소중하게 아끼고 사랑하며 지켜주는 것이 남자의 도리로 알고 있었다. 그러나… 생리적으로 남자보다 여자가 먼저 성에 눈을 뜬다는 것, 여자는 말보다는 행동으로 보이는 자상하고도 멜랑꼴리한 애정표현을 더 좋아하고 믿는다는 걸 나는 터득하지 못했다. 무지하게도 사춘기 여자의 여린 감성 같은 건 내가 상관할 바 아니라고 생각했다.

저녁을 먹고 나자 영아가 나를 방으로 안내했다.
방에는 카시미론 이불이 깔려 있었다. 영아가 탁자 위에 올려 있는 전축에 판을 올려놓고 이불에 발을 묻고 앉았다. '엘리제를 위하여'라는 감미로운 피아노 음악이 방안 가득 울려 퍼졌다. 영아의 미소가 마치, 천사의 미소처럼 아름다웠다.

고개를 흔들어 엉키는 마음을 가다듬었다. 그리고는, 엉뚱하게도 세계사 이야기를 늘어놓았다. 고대 이탈리아의 피라미드와 캄보디아의 앙코르와트의 형성과정과 전해지는 이야기들.

황당하다는 듯 영아의 표정이 점점 굳어져 갔지만 나는 이야기를 멈추지 않았다. 그리고는 고등학교 3학년이 배워야 할 공부가 무엇인지 조목조목 이야기했다.

어이가 없다는 듯 나를 보던 영아가

―4년 만에 만난 나한테⋯ 오빠 그 말밖에 할 말이 없어? 그만 집에 가봐!

살짝 삐친 영아 마음을 나는 알지 못했다. 미련하게 또다시 군대 시절 추위를 이기고자 벌였던 해프닝을 열심히 이야기했다. 영아가 방문을 거칠게 닫고 나갔다. 그렇지만 나는, 영아의 피아노 위에 놓인 내 사진을 보며 영아의 마음이 변함없을 것이라 믿었다.

여름夏

여름, 작열하는 태양과 녹음방초綠陰芳草
조잘조잘 작은 속삭임으로 부서지는 파도와 이는 포말
그리고… 산처럼 밀려드는 큰 파도

그대 아는가?
살라버릴 듯 뜨거운 그 열정熱情!
활화산 되어 이글거리는 저 태양과
눈 모자라도록 넓은 바다의 품
변함없이 의연한 아미산의 위용威容을

차 례

꿈에도 그리던 대학생이 되다

   건강하시던 어머니가 허리를 다친 후 농사를 짓는 일이 보통 문제가 아니었다. 농사를 짓고 싶지 않았지만 편찮은 어머니와 고등학생인 남동생, 연로하신 조부모님만 두고 고향을 떠날 형편이 안 되었다. 기왕 늦은 공부니 조금만 더 기회를 보자 생각하고 농사일을 하였다.

   제대한 지 반년이 다가오지만, 이 핑계 저 핑계에 묶여 집을 벗어나지 못했는데 석곡 버스터미널에서 우연히 정현을 만났다.
   정현이 반갑게 내 손을 잡고는,
   ―형편이 안 되어 일반 대학진학이 어려울 것 같으면 방송통신대학으로 진학하는 건 어떻겠냐?
하며 통신대학을 권유했다.

나보다 4년이 빠른 친구들은 대학 졸업반이 되어 사회로의 진출이나 군 복무 등등으로 또 다른 인생의 전환점을 맞고 있지만 나만 제자리걸음인 것 같아 마음이 무거웠다. 어머니 몸이 다치시기 전 몸으로 돌아갈 수는 없지만, 그런대로 좋아지셨으니 나도 마음의 결단을 내려야만 할 것 같았다.

1982년. 가을 추수를 끝내고 무작정 서울로 올라갔다.

'말은 낳아 제주도로 보내고 사람은 낳아 서울로 보내라.'는 말이 있듯 사람이 많이 모이는 곳에서 새롭게 성장하고 싶었다.

친구와 자취를 하던 여동생 구순이가 방을 빼 나와 함께 지내기로 했다. 동생 덕분에 잠자리 걱정은 덜게 됐으니 얼마나 다행인가. 얼른 공부를 끝내고 성공하여 나를 도와주는 동생에게 보답하고 싶었다.

지금껏 살아온 내 삶의 과정을 반추해 보면 아무리 힘든 일이라도 할 수 있을 것 같았는데 막상 일자리를 찾아 나서 보니 공부를 하며 돈을 벌 수 있는 길은 드물었다.

샐러리맨의 꽃이라는 세일즈에 도전해 보고 싶었다. 마침, 마포에 있는 '금성출판사'에서 책을 판매할 외판원을 모집 중이었다.

외판원의 매력은 자신이 노력한 만큼 수익이 창출된다는 것이고, 시간이 자유롭다는 것이다. 야간대학에 입학한다 해도 정해진 시간에 묶여있다면 낭패일 수 있으므로 금성출판사에 입사하기로 하였다.

마음도 상쾌하게 아침 조회를 마치고 첫 고객을 찾아 길을 나섰다. 외판의 특징이 부촌보다는 빈촌이 수월하다고 했다. 서울 지도를 펴놓고 궁리를 하다가 판잣집이 즐비한 하계동으로 향했다.

주로 학생들의 학습효과를 증대시키는 백과사전을 맡아 판매했는데 생각처럼 수월하지 않았다. 아주머니가 시장 보고 오는 짐도 들어주고, 마당 청소도 해주고, 아이와 놀아주고… 1인 3역을 하며 고객님의 비위를 맞춰보지만, 백과사전을 살듯 말듯 뜸만 잔뜩 들이다가 이 핑계 저 핑계로 구매를 미루곤 했다. 발바닥이 아리도록 산동네 비탈길을 오르내리며 목이 잠기도록 설명해 보지만 하루에 단 한 질의 책도 팔지 못하는 날이 허다했다.

성과가 없으니 수입도 없고… 내가 무능력한 건 아닐까 회의도 들었다. 그러자, 외판 선배가 외판원 초기에는 친인척을 찾아다니며 부탁하여 팔아야 한다며 조언해 주었다.

그 말을 듣고 나니 더욱더 힘이 빠졌다. 넓고 넓은 서울 땅에 내 친인척도 몇 집 안 되지만, 애들 공부하라고 책 사줄 형편이 되는 친인척은 없었다. 그러면 어떤 전략으로 이 생존 경쟁에서 살아남아야 하나.

누가 뭐라 해도 소처럼 묵묵히… 성실하게 일하는 자세만이 인정받을 수 있는 판매기법이라고 판단하고 터를 닦아놓은 하계동으로 갔다. 그런데 나의 도움은 받고 책을 구매할 수 없는 미안함 때문인지 대부분 고객이 인사를 해도 외면하며 아는 척을 하지 않았다.

시간 낭비하지 말라는 뜻 같았다. 어이가 없었지만 나를 배려하는 마음이라 생각했다. 그리고는 골목을 돌아 나오는데 난데없이 진돗개 한 마리가 달려들어 내 다리를 물고 늘어졌다. 놓으라고 소리 지르며 발버둥을 쳤지만, 주인은 보이지 않고 찢어진 바지 사이로 피가 줄줄 흘러내렸다.

손수건을 꺼내 간신히 지혈하고 막 일어서려는데 아주머니 한 분이 내 앞으로 다가와 섰다. 그리고는 죄송하다는 말을 열 번도 더 했다. 괜찮다고 아프지 않으니 걱정하지 마시라고 했다. 그러자 아주머니가,

—마침 백과사전을 구매하려던 참이니 한 질 보내 줘요.

하는 것이었다. 개가 내 다리를 물었다고 책을 팔아주실 필요 없다고 극구 사양했다. 그러자 아주머니 말씀이,

—그렇잖아도 성실하고 유쾌하게 책을 설명하는 모습을 눈여겨보고 있었어요.

하는 것이 아닌가. 그래도 싫다고 사양하자 동네 아주머니들이 나서며,

—진돗개 주인 성품이 개가 청년을 물었다고 필요 없는 물건 사는 사람이 아니니, 산다 그럴 때 얼른 팔아요

이구동성으로 말씀했다.

이랬든 저랬든 시초가 어정쩡하여 주저하고 있는데 동네 아주머

니들까지 백과사전이 필요한 이웃이나 친척을 소개하고, 지나는 길 있으면 꼭 들리라며 친절을 베풀었다. 나의 진심이 이제야 통하고 있다는 생각에 다리는 아팠지만, 마음이 풍선 되어 날았다.

그렇게 어렵게 첫 길을 트자 소개 소개로 이어진 백과사전 책 판매가 조금은 수월해지며 손에 쥐어지는 돈도 모였다. 그러자, 이번엔 꼭 대학생이 되고 말겠다는 결심이 서며 학력고사 준비에 박차를 가하게 되었다. 그러나 군복무기간과 시골 생활의 공백기로 인해 공부의 리듬을 찾아가는 데 시간이 걸렸다.

1983년. 한국방송통신대학교 법과대학 83학번 강일원.
꿈에도 그리던 대학생이 되었다. 남들처럼 번듯하진 않지만, 나로서는 최고의 선택이었다. 일반대학으로 진학하고 싶었지만 여러 여건이 나를 붙잡았다. '겉치레가 아닌 속이 알찬 강일원이 되자!' 열 번도 더 나 자신에게 당부했다.

그렇다면 어떻게 해야 할까… 궁리를 하다 1학년을 마치는 시점부터 곧바로 사법시험을 준비하기로 작정했다. 멀고도 험한 고난의 길이겠지만 고학생이 오를 수 있는 최상의 고지.
이런저런 생각해 볼 겨를 없이 사람의 완성이 사법시험 합격이라고만 생각했다. 내가 잘되어 떳떳한 모습을 보여주는 것이 나를 믿고 따르는 가족들과 나를 도와준 사람들에게 보답하는 길이라고. 그 길만이 나의 꿈인 국회의원으로 가는 유일한 통로라 믿었다.

검정고시 출신 방송통신대 학생이
사법시험에 도전하다

방송통신대학 법학과에 입학하며 사법시험 공부를 시작했다. 자취방이 있는 영등포구 신정동에서 가까운 대학교를 찾아보았다.

흑석동에 있는 중앙대학교가 버스 한 코스로 닿았다. 중앙대학교 도서관을 나의 공부방으로 결정하고 눈만 뜨면 학교로 달려가 자정이 가까워서야 집으로 돌아왔다.

도서관에서 공부하며 형제처럼 지낼 수 있는 이규선 형과 박해산, 박성수와 최기정을 만났다. 모두 형편이 그만그만했지만, 충남 보령이 고향이며 누님 집에서 학교에 다니는 기정과는 처지가 비슷해 더욱 가깝게 지냈다.

　자취방인 우리 집이 중앙대학교 도서관 오 형제의 모임 장소가 되었다. 오 형제가 모이는 날이면 더더욱 분기탱천憤氣撑天하여 무지갯빛 미래가 보이다가도 모두 돌아가고 혼자 잠자리에 들면 현실의 어려움이 고통으로 밀려왔다.

　누님 집보다 내 자취방이 편하다는 기정도 마찬가지라고 했다. 서로 어려운 게 무엇인지 알고 있으니 눈빛만 봐도 마음을 읽어냈다.

　그렇게 서로 밀어주고 당겨주며 열심히 공부한 결과 1985년 이규선 형이 제일 먼저 사법시험 합격의 영광을 안았다.

　죽을힘을 다해 공부했지만 좋은 결과를 얻기 힘들자 규선이 형을 제외한 사 형제가 뿔뿔이 흩어져 산속으로 들어가기 시작했다.

　세상일 모두 접고 절에 들어가 공부만 할 수 있는 여건만 된다면

나도 사법시험에 합격할 수 있을 것 같았다. 그러나 사방팔방 아무리 둘러봐도 나를 뒷바라지해 줄 사람이 없었다.

고민 고민하다 광주로 가서 정현을 만났다. 정현이 민정당 사무실에서 간사로 일하고 있다고 했다. 자신의 꿈인 국회의원이 되기 위해 정당 사무실에서 단계별로 일을 배우고 있다며 의욕이 넘쳤다. 목표를 향해 흔들리지 않고 열심히 달려가는 정현을 보니 나도 사법시험에 반드시 합격해야겠다는 마음이 간절했다.

정현에게 그동안 사법시험을 준비하고 있었다고 이야기했다. 그리고 공부에 더욱 정진하기 위해 절에 가서 공부하고 싶은데 돈이 없다고 솔직하게 말했다.

정현이 무슨 방법이 없을까 고민하더니 봉투를 하나 건네주며 정당 간사로 일하다 보니 벌이가 시원치 않아 도움이 돼 주지 못해 미안하다고 하며,

―목욕탕 아저씨가 기왕 너를 사윗감으로 점찍었다면 도움이 필요할 때 도움을 주는 것이 좋은 일 아닐까?

정현이 조심스럽게 목욕탕집 아저씨에게 편지를 써 보자고 했다.

편지를 받은 영아 아버지가 나를 불렀다. 어떤 결론을 내려놓고 나를 부르는지 궁금했지만, 편지를 받고 나를 불렀다는 것만으로도 고마웠다.

나를 반갑게 맞이해 주신 영아 아버지가,

─공부하는 데 필요한 돈이 얼마면 되겠느냐?

하고 물으며 당장 10만 원을 손에 쥐여 주었다. 그리고는 우선 앞으로 1년 동안 맘 편히 공부할 수 있도록 돈을 보낼 테니 열심히 하라며 용기를 주었다.

─열심히 공부하여 반드시 은혜에 보답하겠습니다.

결의에 찬 목소리로 말씀드렸다.

공부 꽤나 한다는 고시생들이 몰려드는 전라남도 광주.

산속 여기저기 흩어져있는 절간으로 고시생들이 모여들었다. 나 역시 목욕탕집 아저씨가 쥐여준 10만 원을 들고 청룡사로 들어갔다.

책상을 놓고 한 사람 누우면 그만인 방 한 칸에서 책을 폈다. 어떤 고난이 닥쳐와도 절대 중단하지 않으리라 굳게 마음을 먹었다. 이 길이 아니면 나는 죽는다! 내 인생의 마지막 도전이다! 이를 악물었다. 그러나 나처럼 사법시험에 인생을 건 사람들이 일만 명도 넘었다.

스물일곱 살이라는 적지 않은 나이. 한번 책상 앞에 앉아 책을 펴면 엉덩이가 저려 옴짝달싹할 수 없을 때까지 책을 덮지 않고 공부에 매달렸다. 용변이라도 보려고 밖으로 나가면 하늘이 먼저 빙그르르 돌고 다리가 후들거렸다. 밥도 먹는 둥 마는 둥, 이목구비가 있으니 사람이지 사람의 형태가 아니었다. 사흘에 피죽 한 그릇도 먹지 못한 비루먹은 말과 같았다.

멀리, 전라남도 곡성에서 광주 외곽의 청룡사까지 어머니가 오셨다. 그날따라 머리가 얼마나 어지럽고 아프던지 머리를 흰 천으로 질끈 동여매고 지팡이를 짚은 채 어머니 마중을 나갔다.

저만치서 비틀거리며 걷는 나를 본 어머니가 기겁하시며,

—공부고 뭐고 이대로 두었다가는 사람 죽겠다. 당장 시골로 내려가자.

어머니가 방바닥에 보자기를 펴고 책을 쌌다.

그렇지만 난 포기할 수 없었다. 여기까지 어떻게 온 길인데… 반드시 어머니의 기대에 어긋나지 않은 자식이 되겠다고. 만약 여기서 열매를 맺지 못한다면 나는 패배자라고 어머니를 설득시켰다.

하룻밤을 나와 함께 주무시며 형들이 공부하는 모습을 두루 살펴본 어머니가 땅이 꺼지도록 긴 한숨을 토하며 나의 손을 잡았다. 1, 2년 공부해서 되는 공부가 아니란 것을 아신 것 같았다. 형편이 좋아 뒷바라지나 잘 해주면 몰라도 그렇지 못하니 어머니 마음이 오죽하랴 싶었다.

—부모 잘 못 만나 고생이 많다.

짤막한 말씀으로 내 손을 더욱 강하게 잡았다.

—나보다 더 힘든 사람들도 공부하여 합격하는 시험입니다.

어머니를 안심시켜 드렸다.

그런데 며칠 후 영아에게서 편지가 왔다. 대학진학보다는 취업을 택한 영아가 직장 동료와 사내 연애를 시작했는데 '사법시험 공부하

는 사윗감이 따로 있다.'며 아버지가 반대하여 곤란하니 나에게 뜻을 분명히 밝혀 달라고 부탁하는 내용이었다. 편지를 접었다 펴 다시 보았다. 그렇다면… 피아노 위에 올려놓았던 내 사진은 무엇이었단 말인가.

내 인생을 좌우할 중요한 시험이 얼마 남지 않았는데 여자 문제로 마음이 흔들린다는 것이 말이 안 되었다. '시험이 코앞이라 시간을 낼 수 없으니 조금만 기다리면 내 의사를 분명하게 밝히겠다.'는 짤막한 내용의 답장을 보냈다.

18살 소년의 감성을 흔들었던 15살 소녀, 영아.

대학에 입학하고 공부에 매달리느라 공백기가 있었지만, 영아는 변함없으리라 믿었다. 어릴 적부터 복잡한 세상살이에 부딪히며 살아가느라 앞뒤 좌우 돌아볼 여유가 없던 나에게 영아의 존재는 산소 같았다. 생각 그 자체만으로도 힘들고 지친 마음에 활력소가 되곤 했는데 마음이 변한 영아의 태도가 이해되지 않았다.

3월의 봄바람이 매섭게 몰아쳤다.

사법시험 1차를 치르고 광주로 내려가 영아와 마주 앉았다. 그러나 8년 전 영아의 모습은 그 어디에도 없었다. 사회인 4년 차 대열에 서 있는 모습이 당당했다.

—오빠가 고시에 합격하면 나는 필요 없는 존재가 될 것 같다.

영아가 나의 진심을 알 수가 없다고 했다.

아무 말도 필요 없이 영아 손을 살며시 잡았다. 영아가 손을 뺐다. 등을 감싸 안으며 그동안 너무도 무심했던 나의 태도를 용서하고 다시 시작해 보자고. 우리가 함께 보낸 세월이 자그마치 8년이라고 말했다.

그러나 영아는 이렇게 말하는 것이었다.

―지난 8년 동안 오빠가 단 한 번이라도 오늘처럼 따뜻하게 나를 다독여 주며 오빠 마음을 보여줬다면 아마도 선택을 고민했을 테지만 너무 늦었어.

이미 영아의 결심은 직장 동료에게로 돌아섰으니 아버지께 말씀 좀 잘 드려달라는 것이었다.

기가 막혔다. 어떤 말로 내 마음을 전해야 하는지 낱말이 떠오르지 않았다. 정말이지 영아는 나의 성공을 기다려 줄 줄 알았는데 결과가 엉뚱한 곳으로 흘러갔다. 첫째도 둘째도 모두 내 탓이지만 날개를 펴고 다른 곳을 향해 날아가고 있는 영아가 원망스러웠다.

영아의 선택이 직장 동료에게로 확실하게 결정되자 목욕탕 아저씨로부터의 후원도 끝이 났다. 그리고 사력을 다해 보았지만, 나의 사법시험은 낙방으로 이어졌고 또다시 인생의 기로에 섰다.

제약회사 세일즈맨으로
꿈을 키우다

무엇을 어떻게 하며 살아가야 하는가. 고향 집 앞산에 피어 허옇게 빛바랜 억새꽃이 바람에 날렸다. 발밑의 낙엽이 서걱거리며 소리를 냈다. '강일원, 너는 왜 이 세상에 왔는가?' 다그치며 대답을 강요하는 것 같았다.

더는 지체 할 수가 없었다. 이제는 정말 아무 미련 없이 생업에 뛰어들어 가족을 돌보자. 직장생활을 성실하게 하여 스텝 바이 스텝… 내 인생의 계단을 차근차근 오르자. 소중한 책장을 넘기듯 그렇게 가자. 나 스스로에게 마음의 다짐을 열 번도 더 하고 다시 서울로 상경했다.

그러나… 중·고등학교를 검정고시로 졸업하고 방송통신대학교 2년 중퇴의 학벌로는 마땅한 일자리를 찾기 어려웠다. 그때, 광주 송정에

공장을 두고 있는 매일우유에서 사원을 모집하고 있었다. 되면 좋고 안 되어도 할 수 없다는 마음으로 매일우유에 서류를 내고 면접을 봤다. 당연히 방송통신대학을 대학으로 인정해 주지 않았다. 그냥 웃었다. '세상이 이렇구나!' 화가 날 일도 아쉬워할 일도 아니었다.

유진제약이라는 제약회사에 입사하여 인천지역 영업을 담당하게 되었다. 어느 곳이든 마찬가지겠지만 유진제약의 업무도 만만치 않았다. 지역에서 소위 말하는 갑질 약국이 있었기 때문이다. 제약회사와 약국 간 대금 지불 계약서에 명시된 대로 약품 대금을 결제하지 않아 영업사원을 애먹이는 갑질을 일삼는 약국들. 그들은 제약회사 영업부 직원을 마치 자신의 수하처럼 부리고 있었다.

결제를 받으려면 몇 시간 동안 약국에 머물며 청소도 하고, 박스

를 옮겨 진열도 하며 허드렛일을 도맡았다. 참을성이 없다면 도저히 할 수 없는 일이었지만 내가 누구인가. 산전수전山戰水戰 다 겪으며 살아온 오뚝이 인생 강일원이 아닌가. 자존심이 무너질 때마다 콧노래를 부르며 나를 다스렸다. 그러다 보니 갑질 약국에서도 나

를 인정하게 되었고 일 또한 재미있었다.

　그러나 정작 나의 발길을 붙잡는 건 최 약국에서 근무하는 여직원
이었다. 약사님의 처제로 경리 일을 도와주는 아가씨는 나보다 나이
가 4살 아래며 이름이 류인숙 이라고 했다.
　키가 1미터 58센티 정도의 중간키에 마른 체구로 눈이 크고 동그
래 무척 귀여웠다. 얼른 보면 눈만 보일 정도로 큰 눈이 자꾸만 내
마음을 흔들었다.

　발이 부르트도록 열심히 인천지역을 누비며 영업을 했다. 대학생
들을 볼 때마다 사법시험에 대한 미련이 자꾸만 나를 유혹했지만,
눈을 감았다. 업무에 충실하고 맘에 드는 여자를 만나 결혼을 하여
알콩달콩 살고 싶은 것이 계획이었다.
　내 나이 스물아홉 살. 여자에게 마음이 흔들려보긴 처음이었다.
내 마음을 스스로 다스리기 힘들어 정현에게 달려가 어떻게 했으면
좋을지 상의를 했다.
　―그렇게 맘에 드는 여자라면 붙잡아야지!
　정현이 서둘러 편지지를 펴 놓고는 내 마음을 적으라고 했다.
　앵두 같은 그대의 입술, 사슴 닮은 눈망울, 밤하늘 은하수처럼 많
은 사람 중에 내 눈으로 들어온 그대⋯ 정현이 불러주는 대로 적어
내려갔다. 정현도 나도 우리 사랑이 결실을 맺게 되길 간절히 바라
며 편지를 접어 봉투에 넣었다.

떨리는 맘으로 인술에게 편지를 건네주며 "차 한 잔 같이하고 싶다."고 말했다. 정현은 너무 서두르지 말라고 했지만, 영아를 어이없이 보낸 내 연애경험으로는 늑장을 부리다간 내 맘을 빼앗은 인술까지 놓칠 것 같았다.

내가 맡은 지역을 신나게 한 바퀴 돌아 다시 약국으로 달려갔다. 나를 본 인술이 본체만체 새침을 떨며 약국 문을 밀고 나갔다. 얼른 따라 나가 차 한 잔을 대접하겠다며 다방으로 데리고 갔다. 그런데 그만, 주문한 커피가 나오기도 전에 결혼하자는 말을 덜컥해 버렸다.

만난 지 3일 만에 결혼하자는 말을 하다니… 인술이 기분이 상했다는 듯 미간을 잔뜩 찌푸리며 나를 노려보더니 벌떡 일어나 나가버렸다.

이튿날 약국으로 가 인술에게 인사를 했지만 나를 이상한 사람으로 생각하는 것 같았다. 인사는 받지 않고 사람을 얼마나 쉽게 봤으면 그런 말을 하느냐며 톡 쏘아붙였다.

당연하다고 생각했다. 인술과 처음 마주 앉은 자리에서 결혼하자고 말한 것이 너무 경솔했던 게 아닐까 생각은 들었지만, 후회는 하지 않았다.

초가을로 접어드는 날씨가 그러잖아도 쓸쓸한데 나와는 눈도 마주치지 않는 인술의 얼굴을 보니 더욱 마음이 쓸쓸했다.

인술의 싸늘한 눈초리를 피하지 않고 다가가 말을 걸었다. 하늘이 드높고 맑아 소풍 가기 좋겠다느니, 인천극장에서 상영 중인 '황진이' 영화를 봐야 하는데 같이 갈 애인이 없다느니 너스레를 떨었다. 표현이 서툴렀던 내가 내 마음을 솔직하게 표현한 것만으로도 대만족, 속이 후련했다.

그런 어느 날 마침 약사님이 연설문이 필요하다고 했다. 약국 경영과 JC회장을 겸임하면서 부평구의회 의원에 출마한 약사님이 연설문이 필요한 모양이었다.

고시공부를 하던 나의 글솜씨는 뛰어나진 않아도 잘 쓰는 편에 속했다. 직설법으로는 인술의 마음을 얻어내기 어려울 것 같아 우회법인 최 약사님을 연설문으로 공략해 보기로 했다.

연설문을 작성하느라 끙끙거리는 약사님에게 선심이라도 쓰는 듯 내가 쓴 연설문을 건네주었다. 연설문을 읽어 내려가는 약사님 표정이 싱글벙글 입이 귀에 걸렸다.

늘, 카운터 밖 나무 의자에 앉아있던 나를 카운터 안으로 들이더니 인술을 불러 꿀차를 타라고 했다. 대 성공이었다. 기회를 놓치지 않고 "처제가 맘에 쏙 드는데 저랑 약혼이라도 시켜 주지 않으시겠냐?"고 능청을 떨었다. 그러나 약사님은 연설문부터 확실하게 써 놓고 이야기하자고 했다.

몇 차례 더 머리를 쥐어짜며 연설문을 쓴 후 친구에게 감수까지 받아 약사님에게 주었더니 무척 맘에 들어 하셨다.

매일매일 약국을 드나들며 인술에게 구애작전을 펴는데 할아버지가 돌아가셨다는 소식이 왔다.

바로 고향으로 내려갔다. 나를 많이도 섭섭하게 한 할아버지였지만 마지막 길을 가시는 할아버지를 보자니 가슴이 미어졌다.

할아버지 장례를 치르느라 일주일 만에 약국을 방문했다. 나의 슬픔을 아는지 날씨까지 추적추적 비를 뿌렸다. 축 처진 내 어깨를 본 인술이 왜 이렇게 뜸했냐고 물으며 혹시라도 내 말에 마음의 상처를 입었다면 미안하다고 했다.

그간 나에게 일어났던 일을 이야기하자, 며칠 전 인술의 할머니도 돌아가서서 장례를 치렀다고 하며 서로 동병상련의 감정을 느꼈고 많은 위로가 되었다. 그 틈을 타서 다시 결혼 이야기를 꺼내봤지만 역시나 너무 성급했다.

겉보기에는 조금 쌀쌀해 보이지만 마음이 따뜻한 인술. 약사님의 도움을 받아서라도 그런 인술과 꼭 결혼하고 싶었다.

작전을 변경하여 다시 약사님에게로 갔다. 인생에 있어 권력과 명예를 중요하게 생각하는 약사님에게 중앙대학교 도서관에서 나와 함께 공부하고 사법시험에 합격하여 연수 중인 이규선 형을 소개했다. 나는 비록 제약회사의 영업사원이지만 나를 아끼는 규선이 형이 나를 어떻게 평가하는지 보여주고 싶었다. 이규선 사법 연수생이 나에 대한 자랑과 함께 정말이지 열심히 공부했던 그 시절을 이야기하자 그 후부터 약사님이 나를 대하는 태도가 달라지기 시작했다.

04

아내는 나의 영원한 동지

세상 모든 만물이 눈을 뜨자 라일락 향기가 코끝을 간지럽히는 1987년 4월, 간절하게 원하던 인술과 약혼을 했다.

약혼하고 마음이 안정되니 성공하는 나의 모습을 하루빨리 인술에게 보여주고 싶었다. 그러나 어느 길이 내가 성공할 수 있는 지름길인지 알 수 없었다. 이런저런 생각을 하며 영업사원을 놓지 못하는데 인술이 먼저 사법시험 공부를 더 해 보는 게 어떻겠냐고 물었다. 간절히 기다리던 일임에도 선뜻 대답하지 못하고 머뭇거렸다.

인술이 직장이 있으니 돈 걱정은 하지 말고 공부를 해보라고 약사인 형님도 거들었다. 정말이지 마지막 기회라 생각하고 열심히 해 보고 싶었다.

몸은 바빠도 손에 쥐어지는 돈이 적은 제약회사 영업사원을 그만두었다. 그리고 지인의 소개로 중앙대 안성 캠퍼스 인근에 하숙방을 얻고, 중앙대학교 안성캠퍼스 도서관에서 사법시험 공부에 다시 매달려 보기로 했는데 그곳에 기정이 있었다. 중앙대학교 도서관에서 만났던 오 형제 중 막내인 후배. 무척 반가웠지만, 아직도 공부에 매달려 있는 모습을 보니 무척 안타까웠다.

형제가 다시 뭉쳤으니 반드시 심기일전心機一轉하여 성공을 이루어 내자고 파이팅을 외치며 가깝고도 먼 길, 알 수 없는 길을 향해 달려갔다.

그렇게 1년이 지났지만, 나에게도 기정에게도 좋은 소식은 들리지 않았다. 하숙비를 부담하며 안성에 거주하느니 약혼녀가 있는 인천으로 왔다. 누구에게나 개방이 되었던 인천대학교 도서관으로 옮겨 공부를 계속하였지만, 사법시험은 결코 녹록지 않은 여정이었다. 그 고난의 길을 가는 나를 불평 한 번 안 하고 옆에서 바라봐 주는 인술을 기쁘게 해 주기 위해서라도 꼭 사법시험에 합격해야 한다는 부답감에 마음이 무거웠다.

　정말이지 혼신의 힘을 다해 공부했다. 그리고 받아든 사법시험 1차 시험지. 시험지 속에서 인술이 환하게 웃고 있었다. 어머니와 동생들 얼굴이 눈앞에 어른거렸다. '침착하고 신중하게 답을 고르자.' 길게 심호흡을 하고 문제를 풀어나갔다.
　그러나… 2년이라는 공백기를 보내고 1년 준비로 사법시험에 도전했다는 건 무모하기 짝이 없는 행동이었다. 결과는 낙방이었고 약혼녀와 처남 어머니와 동생의 뒷바라지도 허사가 되었다.

　사법시험은 그만두고 나에게 맞는 나의 일을 찾고 싶었다. 그러려면 가정적으로 안정되어야겠다는 생각에 약혼녀인 인술에게 청혼을 했다.
　하지만 인술은 내가 사법시험을 그만 접는 것이 못내 아쉬운지 한 번만 더 사법 시험에 도전해 보자고 했지만 내 생각은 단호했다.

　청혼은 했는데 돈이 없었다. 영업사원으로 쥐꼬리만큼 받는 월급 일부를 자취방 월세와 생활비로 쓰고, 일부는 어머니의 생활비로 보내야 했으며, 공부에 대한 미련을 버리지 못하여 책을 사고 나면 언제나 돈이 모자랐다. 그런데도 결혼을 하고 싶은 마음이 야속하기도 했지만, 결혼하여 생활이 안정되면 무슨 일이고 하여 행복할 것 같았다.
　약사 형님이 나를 불러 가진 돈이 얼마나 되느냐고 물었다. 내 돈은 없지만, 이종 사촌 누님에게 빌려 온 450만 원을 가지고 있었다. 빌려 왔다는 것을 비밀로 하고 일단 450만 원이 있다고 말했다. 그럼, 550만 원을 보태 줄 테니 처남을 데리고 살라는 조건을 형님이 걸었다. 인천에서는 전세금 1,000만 원에 방 두 칸 얻는 게 쉬웠다.

그렇게 천둥벌거숭이 잠자리가 하늘을 아름답게 수놓으며 비행하는 1988년 10월 2일, 내 친구 이정현의 사회로 결혼식을 올렸다.

큰며느리를 맞이하는 어머니가 인술과 내 손을 잡아주시며 "고맙다."고 짤막하게 말씀했다. 부초浮草처럼 떠돌던 자식이 안정을 찾으니 어머니 마음도 나만큼이나 좋으신 것 같았다. 여동생 구순이도 "좋은 사람을 배필로 만났으니 반드시 좋은 일만 있을 것."이라며 나에게 힘을 주었다.

신혼살림을 차리자 나를 아는 사람들이 신혼인데 처남이 함께 있어 불편하지 않으냐고 물었지만, 나는 처남이 있는 것이 든든하고 좋았다.

나를 바라보고, 나만 믿고, 나와 함께 손잡고 인생여행을 떠나는 아내. 아내와 함께라면 물 한 잔을 마셔도 꿀맛이고, 온종일 책과 씨름하며 코피가 터져도 피곤하지 않았다.

보이지 않던 미래를 향한 내 마음속의 불안함과 툭하면 늘어놓던 '내 인생길은 왜 이리 힘든가.'라는 푸념이 결혼과 동시에 모두 사라졌다. 아내가 곁에 있다면 무엇이든 잘할 수 있을 것 같았다. 매사에 자신감이 생겼다.

그러나 우리의 달콤한 신혼 생활이 6개월로 막 접어들었을 때 생각지도 못했던 일이 터졌다. 결혼 자금으로 쓴 450만 원이 내 돈이 아니라 이종사촌 누님의 돈이라는 것이 들통 나 버린 것이다. 아내에게까지 비밀로 하려던 나의 미련함이 너무도 미안했다.

누님이 당장 450만 원을 갚으라고 아내를 독촉했다. 내가 아내를 속였으니 화가 많이 났을 텐데 아내는 아무 말도 하지 않았다. 그리고는 아무 투정 없이 이종 누님에게 빌렸던 돈 450만 원을 아내가 일하여 모은 돈으로 갚아주었다. 아내에게 참으로 고맙고 면목없는 일이지만 우리의 결혼 생활은 아내의 돈 천만 원으로 시작된 셈이다.

05

변호사 사무실
사무장 강일원

가을 산 풀 섶에 피어나 바람에 흔들리는 한 송이 들국화처럼 해맑은 얼굴에 순수함이 묻어나는 아내. 키가 작은 내 품으로도 쏙 들어오는 작은 체구의 아내는 외모보다 정신이 강한 여인이다.

나의 사법시험 뒷바라지를 하면서도 싫은 내색 한 번 없었다. 어려움 속에서도 내가 공부하는 데 더욱 좋은 환경을 만들어 주려고 무진 애를 썼다. 그런 아내를 바라보며 외람되게도 맹자의 어머니와 한석봉의 어머니를 떠올렸다. 내가 자식은 아니지만 마치, 자식을 공부시키는 어머니의 마음으로 나를 뒷바라지해 주었기 때문이다.

그런 아내를 위해 이제는 내가 발 벗고 나서야 할 때라고 생각했다. 중앙대학교 도서관에서 함께 고시공부를 하여 인천 동산 빌딩에 변호사 사무실을 개업한 이현영 형님을 찾아갔다. 나의 이야기를 들은 형님이 흔쾌히 사무장직을 맡겼다.

1989년 인천 이현영 변호사 사무실에서 내 꿈을 펼쳤다. 방송통신대학교 법과대학 학생으로서 배운 것을 제대로 활용할 수 있게 된 것이다. 변호사 사무실 정식 직원으로 발령도 받았고, 월급까지 40만 원이나 받으니 나날이 새로웠다. 제약회사 영업직을 전전하며 푸대접받던 때와는 정반대로 대우도 좋았다.

변호사 사무실 의뢰인 대부분은 죄를 지은 사람들이었다. 어떻게 하든 지은 죄의 형량을 최소화하는 데 목적을 둔 변호사는 의뢰인에게 신 같은 존재였다. 변호사가 어떻게 변론을 하는가에 따라 의뢰인의 인생이 달라질 수 있기 때문이다.

지난 세월, 어려움을 많이 겪고 살아온 나는 언제나 의뢰인 편에 서서 일을 진행했다. 내가 열심히 배운 법과 관련된 일을 하다 보니 나 스스로 큰 사람이 된 듯 어깨가 올라갔지만, 겸손을 잃지 않았다. 개구리가 올챙이 시절을 잊어서는 안 되기 때문이다.

성의를 다해 열심히 일하는 내 모습이 의뢰인들 맘에 들었는가. 소개에 소개로 사무실이 의뢰인들로 북적거렸다. 개업 변호사 사무실 치곤 일거리가 많아 이현영 형님의 얼굴에도 웃음꽃이 피었다. 언제 어디서나 분위기를 잘 맞추는 분위기 메이커라며 형님이 나를 추켜세워 주었다. 모든 일이 순조롭게 잘 풀리니 나 역시 일하는 보람을 느꼈다.

그렇게 방송통신대학 2년 중퇴 출신의 사무장 강일원이 일을 잘한다는 소문이 돌았다. 그러자 중앙대학교 도서관 오 형제의 맏형인 이규선 형님이 나를 불러 사무장으로 일해 줄 것을 제의했다. 인천에 있는 현영 형님의 사무실이 안정권에 들어갔으니 내가 아니라도 형님 가족이 먹고살 수 있었다.

서초동으로의 이직에 대해 형님과 상의를 했다. 어려운 시절을 형님 덕분에 잘 지냈는데 떠나려니 입이 쉽게 열리지 않았다. 그런 내맘을 형님이 먼저 알아차리고 "더 좋은 조건이라면 당장 가야지." 하며 흔쾌히 보내 주었다.

1990년 4월 서초동에서 개업한 이규선 변호사 사무실.

사무장으로 자리를 옮기자 월급도 올라 80만 원이 되었다. 그러나 문제는 일거리가 별로 없었다. 변호사님은 괜찮다고 하지만 일도 하지 않으면서 월급을 받는다는 것이 무척 마음에 걸렸다.

사무실만 지키고 앉아있을 수가 없었다. 일감을 찾아 경찰서로 법원으로 뛰어다녔다. 보호자들을 만나 일을 맡기만 주시면 진심으로 성의를 다하고 최선을 다해 변론하겠다고 하니 사건 수임이 늘어났다, 한 건, 열 건, 백 건… 입에서 입으로 소문이 퍼지며 점차 우리 사무실의 변호사가 가사전담 전문변호사로 이름이 알려졌다. 일이 많으니 하루하루가 즐겁고 신이 났다.

며칠 후, 내가 서초동 형님 사무실에 있다는 소식을 들은 후배 기정이 찾아왔다. 후배와는 중앙대학교 도서관 오 형제 중 절친 형제이기도 하지만 중앙대학교 안성캠퍼스 도서관에서 또다시 만나 함께 의지하며 치열하게 공부했었다. 그 후 내가 사법시험을 포기하며 서로 소식이 뜸했는데 얼굴을 보니 무척 반가웠다. 그러나 그 반가움도 잠시… 아직도 어려운 공부를 하느라 애쓰는 후배가 참으로 안쓰러웠다.

내가 먼저 후배의 표정을 살피며,

—내가 도울 일이 없는가?

조심스럽게 물어보았다. 그러자 후배가 잠시 머뭇거리더니,

—도와주신다면 감사하겠습니다.

짤막하게 말했다. 후배 손을 얼른 잡으며,

—홀아비가 과부 사정 안다!

너스레를 떨었다.

정규 초등학교 졸업 후 중학교와 고등학교를 독학으로 검정고시를 한 나로서는 공부가 얼마나 힘든 일인지 너무나도 잘 알고 있다. 그 누구에게든 손을 내밀어야 한다는 그 어려움도 나는 알고 있다. 힘들게 공부하는 후배를 보니 전날 내 모습을 보는 것처럼 마음이 아렸다.

변호사 사무실 사무장 월급으로 80만 원을 받았지만, 아내에게는 60만 원을 받는다고 거짓말을 했고, 120만 원을 받을 때는 90만 원을 받는다고 거짓말을 하며 후배에게 책값을 보냈다. 그렇게 2년 동안 아내에게 비밀 하나를 가졌지만, 나에게도 나눌 수 있는 여력이 생겼다는 것이 감사했다.

그리고 1992년 11월.

사법시험 최종합격자 발표가 있던 날. 후배가 우리 집 현관을 들어서며 나를 덥석 안았다. 콧잔등이 시큰거렸다. "결국, 네가 그 높은 산을 넘었어!" 눈물이 나올 것 같았다.

우리 모습을 바라보던 아내가 어리둥절해 했다. 후배가 아내와 나를 나란히 앉히고 그간의 일을 이야기하며 진심으로 고마웠다며 은혜를 잊지 않겠다고 말했다. 그러자 아내가 나를 보며 상의가 없었던 것은 조금 섭섭하지만, 강일원 씨 노력이 열매를 맺게 되어 기쁘고 형제처럼 지내는 모습이 참 보기 좋다며 웃었다.

06

어머니와 두 명의 동생

　서초동 이규선 변호사 사무실 사무장 4년 차. 사무실이 번창하자 우리 집 가세도 눈에 띄게 좋아졌다. 곡성 고향 집에 계시는 어머니께 용돈도 보내드리고, 동생들에게 형님 노릇 할 여력이 생겼다. 거기에다 결혼 4년 차지만 아직 자식이 없으니 돈 들어갈 곳도 많지 않았다. 알뜰살뜰한 아내는 통장에 한 번 넣은 돈은 절대로 꺼내지 않는다.

　그렇지만 홀로 계시는 어머니를 위해서는 아끼는 것이 없었다. 어머니 이름으로 연금보험에 가입하고, 바람이 들이치던 고향 집도 보기 좋고 아늑하게 수리해 드렸다. 무슨 일이고 우리보다는 어머니를 먼저 생각해 주니 그 마음이 고마웠다.

그런 어느 날, 너무나도 힘들게 일하며 어렵게 번 돈을 나의 학비로 보태주었던 여동생이 집을 장만하여 이사하게 됐다는 소식을 전해왔다. 1985년 결혼했으니 꼭 8년 만에 셋방살이를 면하게 된 것이다.

여동생이 대견하고 고마웠다. 동생이긴 해도 마음 씀씀이가 넓고 깊어 어른스러운 여동생 강구순. 내가 대입검정고시를 공부하고 사법시험에 도전했을 때 동생의 도움을 많이 받았다. 그 정성을 다 갚자면 끝이 없지만 집을 장만한 구순에게 작은 도움이라도 되고 싶었다.

마음은 굴뚝같지만, 우리 집의 경제권은 아내가 갖고 있으니 내 맘대로 할 수가 없다. 아내와 함께 차 한 잔을 마시며 이런저런 이야기를 하다 동생 이야기를 꺼냈다. 그러자 아내가 이미 알고 있었다는 듯 "나에게 생각이 있으니 걱정 말라."면서 웃었다.

알고 있다니 고마웠다. 그러고 보니 며칠 전, 어머니가 계시는 곡성 고향 집을 다녀올 때 어머니한테 "네 처가 구순이 생각하는 마음이 참 대견하고 고맙더라."는 말씀을 얼핏 들은 것도 같았다. 내 동생을 위해 아내가 무엇을 얼마나 하려고 그러는지 궁금했다.

열 다섯 살 어린 나이에 서울로 올라와 안 해본 일이 없을 정도로 온갖 고생을 한 내 여동생은 당시의 삶이 참으로 고단하였을 터인데, 다행히도 신랑을 잘 만났다.

택시 운전을 하며 착실히 돈도 벌고, 가정적인 매제. 부부가 얼마나 금슬도 좋고 알뜰한지 월세방에서 시작하여 전세로 옮겨 앉고 이제는 집을 장만했다니 그동안 얼마나 알뜰하게 살았는지 짐작이 갔다.

적극적으로 돕겠다는 아내가 동생에게 돈을 건네주었다고 구순이 연락을 했다. 액수는 확실하게 얘기하지 않았지만 "고맙다."는 말을 몇 번이나 했다.

 사실… 동생이 결혼할 때 나는 공부 중이었고 무일푼이었다. 맘은 하늘의 별이라도 따다 구순이 손에 쥐여주고 싶었지만, 수신제가修身 齊家도 못 하던 처지라 동생의 혼수나 결혼비용에 대하여는 입도 뻥 긋할 수 없었다. 구순이 결혼한 지 8년이 지난 이제라도 오빠 노릇 할 수 있다 생각하니 고맙고, 품 넓은 아내의 마음 씀씀이가 고마웠 다. 지금껏 공부에 매달렸다면 어쩔 뻔했는가?

 막냇동생 강태원은 비교적 순조로운 인생길을 걸었다. 아버지에 대한 그리움은 많았겠지만, 할아버지, 할머니, 어머니, 형제간의 사 랑을 듬뿍 받으며 정규학교를 어려움 없이 다녔다. 중학교도 가지 못해 맘고생 몸 고생을 밥 먹듯 한 나와 구순과는 다른 환경에서 성 장했다. 그래서 그런지 살아가는 데 동동걸음치지도 않고, 세상을 느긋하게 관조하며 살아가고 있다.

 제수씨 역시, 성격이 활발하고 상냥하여 주변을 밝게 해주었다. 막냇동생을 보며 형제간이라도 팔자가 참 따로 있다는 걸 실감했다.

 우리는 결혼 5년 차가 되었지만, 임신이 안 되어 용하다는 한의원 과 병원을 찾아다니며 마음고생을 하는데 동생은 자식도 순조롭게 순풍에 돛을 달았다. 무럭무럭 잘 자라는 조카들이 참으로 고마웠 다. 그렇게 태원이는 내 도움이 없어도 살 만했다.

돈이 적건 많건 맏이 노릇은 참 어렵다. 오죽하면 '맏며느리 하늘에서 낸다.'는 말이 있겠느냐마는 맏아들보다는 맏며느리의 넉넉한 마음이 가정의 평화를 지키는 힘이라고 생각한다.

우리 집 맏며느리인 아내의 생각은 넓다. 내가 아버지 대신이니 동생들이 집을 장만할 때는 형 노릇을 반드시 해야 한다는 것이다. 사실, 여동생인 구순에게는 미안한 게 참 많았다. 무엇이든 퍼주고 싶었지만 내가 형편이 안 되었는데, 태원에게는 줄 수 있는 형편이 되었지만, 태원이 내 도움 필요 없이 스스로 알아서 잘 살겠다고 했다.

매사에 긍정적인 태원이는 아버지 얼굴 한 번 보지 못하고, 아버지라 불러보지도 못했지만 기죽지 않고 성장했다. 나와 구순이 객지로 떠돌 때 어머니 곁에서 어머니를 제일 많이 도우며 어머니의 시름을 덜어주었고, 힘든 농사일에 지친 어머니에게 활력소가 되어주었다.

태원이 나의 도움을 받지 않아도 괜찮다고 해도 아내의 주장은 형님 노릇을 하자는 것이었다. 아내에게 모든 걸 맡겼으니 아내 마음대로 하라고 했다. 그러던 어느 날, 태원에게서 전화가 왔다. 집을 장만해 이사하는 데 형수님이 도움을 주셔서 감사하다는 인사였다. 혼자 많이 가지려고 욕심부리지 않고 나누는 아내가 고마웠다.

애타는 기다림,
그리고… 선물

결혼 후, 봄과 여름, 가을과 겨울이 다섯 번 바뀌었지만, 아기 소식이 없었다. 아니, 소식이 없었다기보다는 아내가 임신하면 자궁에 착상着床이 어렵다는 진단이었다.

이제나저제나… 기다림에 지친 우리 부부 목이 기린 목처럼 되었지만, 희소식은 전해지지 않았다. 주위 사람들은 우리 부부가 아기에 너무 집착하거나 불임이면 어쩌나 괜한 걱정을 해서 그런지 모른다며 마음을 편하게 가지라 했다. 그러나 그건 우리 부부를 위로하는 말로만 들릴 뿐 몸도 맘도 편치 않았다. 일하다가도 문득 '아기를 낳을 수 없는 건 아닐까…' 걱정이 되었다.

그런 어느 날, 아내가 이렇게 걱정만 할 것이 아니라 고도로 발달한 의학의 도움을 받아보자는 이야기를 어렵게 꺼냈다.

혹시나 내가 불임이면 어쩌나. 두려움도 있었지만 새로운 희망에
부풀어 시작해 보기로 했다.

아내가 선택한 병원은 산부인과에서는 가장 유명한 차병원이었다.
의사 선생님과 마주 앉은 시간, 아내도 나도 무척 긴장했다. 검사를
받는 동안 불임을 겪는 사람들의 고통이 출산 고통의 배가 된다는
말이 실감 났다. 그 불안함과 초조함… 경험하지 못한 사람들은 절
대로 이해할 수 없는 숨 막히는 과정이었다.

기왕 내민 손이니 좋은 소식이 전해지길 기도하며 불임 치료를 시
작하게 되었다. 병원엘 갈 때마다 우리 몸에 이렇게 많은 기능이 있
었나 싶을 정도로 검사를 받고 주사와 약을 처방받았다.

한 번… 또 한 번. 치료를 받으며 날이 갈수록 지쳐가는 아내의
얼굴을 보노라니 우리 부부가 너무 성급하게 욕심을 부리는 건 아

닐까 후회가 되었다. 그렇게, 수정 후 착상 유, 무가 확인될 때까지 기다리는 시간이 차라리 고문이었다. 어떻게 하면 좋을까.

하지만… 우리 부부가 간절히 기다리는 임신은 되지 않았다. 그러자, 평소 알고 지내던 이웃이 충남 서천에 있는 한약방이 불임 치료에는 최고라며 알려주었다. 지푸라기라도 잡는 심정으로 충남 서천에 있는 한의원을 찾아갔다.

지역에서뿐만 아니라 제주도에서까지 불임 치료를 하기 위해 몰려든다는 한의원은 환자들이 많았다. 환자가 많다 보니 주말까지도 진료한다기에 주말을 이용하여 다녔다.

양방인 병원 치료만 받다가 한약 냄새를 맡으니 기분이 좋아지며 건강해지는 느낌이 들었다.

—이번엔 정말 좋을 소식이 있을 거야.

초조해 하는 아내 등을 어루만지며 용기를 주었다. 여기저기… 내 눈에 들어오는 사람들은 모두 배가 불룩한 임산부들이었다.

위대한 임산부들. 순간, 세상에서 가장 부러운 사람은 임산부였다. 무거운 몸을 천천히 일으키며 환하게 웃는 아내 얼굴을 그려보았다. 상상만으로도 싱긋 웃음이 나왔다. 정말이지 우리에게도 그런 날이 하루빨리 오기를 바라며 쓰디쓴 한약을 삼켰다.

쓰지만 사탕보다 달게 느껴졌다. 아내도 나도 기대를 걸었지만 모든 게 허사가 되었고, 그 어떤 명의도 우리 부부의 타는 목마름을 해소해주지 못했다.

　그냥 순리대로 살자. 우리에게 아이가 없다면 없는 대로, 하느님이
주시면 감사한 마음으로 잘 키우는… 순리에 맞게 기다려보기로 하
고 성당을 갔다.

　살다가 힘들 때나 기쁠 때 제일 먼저 찾게 되는 주 하느님이 계신
성당! 이곳만큼 우리 부부의 마음이 편한 곳은 없었다. 마침 성당에
서는 충청북도 음성군 맹동면에 자리 잡은 꽃동네 오웅진 신부님이
진행하는 불임에 관한 특강이 있었다. 특강을 들으며 두 손을 모아
빌고 또 빌었다. 우리 부부의 간절한 바람이 하늘에 계시는 아버지
께 전해지길.

　그러던 어느 날이었다. 중외제약 연구실 약사로 근무 중인 친척
조카가 안부 인사차 우리 집에 왔다. 외모만 봐도 어디가 안 좋을
것 같다며 병원에서 진료 받아 볼 것을 권유하는 조카는 사상四象,
팔상체질(八象 體質)을 공부하고 있었다.

　저녁을 먹고 다과를 즐기며 이런저런 이야기를 나누는데 조카가 아
내를 유심히 바라보았다. 그리고는 아저씨는 열이 많아 뜨겁고 아내
는 몸이 너무 차 서로 부딪쳐 임신이 어려운 것 같다면서 아내에게 인
삼을 꿀에 재워 장복해 볼 것을 권했다. 그러면 아내 몸이 따뜻해져
임신이 될 가능성이 크니 속는 셈 치고 한 번 먹어보라는 것이었다.

　이튿날, 아침을 먹자마자 시장으로 달려간 아내가 인삼과 꿀을 사

왔다. 그리고는 갓난아기를 다루듯 인삼을 씻어 정성을 다해 썰더니 마치, 주문을 외우듯 인삼을 꿀에 재웠다. 아기를 기다리는 간절한 소망이 꿀과 인삼에 버무려지고, 그런 아내를 보며 나도 모르게 손을 모으고 '주님, 저희에게 기쁨을 주시옵소서.' 기도를 올렸다.

그렇게, 인삼 꿀차를 음용한 지 일 년이 지났을까. 싱그러운 햇살이 거실을 치고 들어와 따뜻한 빛을 쏟아 붓던 날, 나를 부르는 아내의 목소리가 떨리고 있었다.
　―아기가 생긴 것 같아요!
　너무나도 조심조심! 목소리도 크게 내지 못하고 소곤소곤… 떨리는 손으로 내 손을 잡았다.
　아내의 얼굴을 보며 무어라 할 말을 잊었다. 눈물이 나올 것도 같고 어지럼증이 일 것도 같았다. 차병원과 한의원 외에도 용하다는 산부인과 곳곳을 다녔던 아내의 노력이 영화 필름처럼 돌았다.
　가만히 아내를 안았다. 마치, 아기를 품에 안은 듯 가슴이 벅차올랐다. 혹시라도 임신이 아닐까 봐 아내 혼자 병원까지 다녀왔다고 했다. 아기를 만나기 위해 지난 5년 동안 얼마나 가슴을 졸였는지…
"감사합니다, 주님! 감사합니다!" 하는 말이 저절로 나왔다.

어머니께 전화를 걸어 아내의 임신 소식을 알렸다. 평소 차분한 어머니 목소리가 "아이구야, 고맙다!" 하이톤으로 올라갔다. 말씀은 없으셨지만, 어머니도 무척 기다리셨을 것이다.
　우리 부부에게 아기가 온 것이 알려지자 성당 교우들과 이웃들이 축하의 인사를 보냈다. 하도 오래 기다린 덕분일까. 임신의 기쁨이 백배 천배 더 진한 것 같았다.

그렇게, 열 달이 지난 1994년 6월 27일. 우렁찬 울음소리를 내며 우리 부부의 첫 번째 분신 강성구가 태어났다. 신생아실 유리창 너머 아들의 얼굴이 아내를 닮은 것도 같고 나를 닮은 것도 같았다. 고맙다. 건강한 모습으로 우리 곁으로 와줘서. 너는 우리 일생에 가장 귀하고 보배로운 선물이다.

08

중앙대학교 석사과정을 마치고
대학 강단에 서다

아내와 단둘이 살다 강성구가 태어나고, 3년 뒤 강경범이 태어났다. 늘, 준비는 하고 있었지만 두 아들의 아버지가 되고 보니 정신이 번쩍 들었다. 변호사 사무실 사무장 일이 재미도 있고 급료도 괜찮았지만, 나의 가슴 속 꿈인 국회의원이 되기 위해서는 일보전진一步前進을 더는 늦출 수가 없었다.

그동안 미뤄 왔던 한국방송통신대학교 법학과에 복학하여 직장과 학업을 병행했다. 새벽 5시에 일어나 집에서 직장으로, 직장에서 학교로, 학교에서 다시 집으로 오면 24시간이 어느새 지나갔는지 모른다. 아무리 시간을 쪼개고 또 쪼개도 내 시간이 부족했다.

기다리고 기다리다 얻은 자식들과 신나게 놀아주려던 계획도 모두 미뤄야만 했다. 일단은 공부부터 끝내놓고 다음을 생각하리라.

제 2 장 — 여름 夏

127

마음을 굳게 먹었다. 근무시간이나 강의 시간에 걸음마를 하는 성구의 모습이 눈에 어른거려 집으로 달려가 안고 싶었지만 참고 참았다. 건강한 아버지, 능력 있는 아버지가 되기 위해 나는 노력해야 했다.

　　1998년 한국방송통신대학교 법학과를 졸업하고 중앙대학교 법학대학원에서 석사과정을 공부하여 2000년 중앙대학교 법학대학원 법학석사가 되었다. 전라남도 곡성군 목사동면 대곡리에서 초등학교 졸업장만 손에 쥐었던 그 '대단한 놈'이 중학교, 고등학교 과정을 검정고시로 이수하고 방송통신대학교로 진학한 지 꼭 17년 만에 이룬 경사 중의 경사였다.

　　그러자 대전에 있는 대전우송정보대학에서 강의를 의뢰해 왔다.

비록 시간 강사지만 대학 강단에 서게 된 것이 이루 말할 수 없이 행복했다. 두말할 것도 없이 대전우송정보대학으로 달려가 학생들과 만났다. 첫 강의를 하던 날의 감회를 죽을 때까지 잊지 못할 것 같았다. 나를 바라보는 수십 명의 학생의 눈을 보고 있으니 만감이 교차하였다.

초등학교 졸업장을 들고 약국 배달원으로 사회에 첫발을 디뎠던 대전. 대전은 내 기억 속에서 지울 수 없는 '신천지로의 여행' 길이었다. 세상 물정이라고는 하나도 모르고 공부에만 목말라했던 15살 소년이 꿈을 향해 첫 발자국을 내디딘 곳. 엄동설한嚴冬雪寒에 언 손을 호호 불며 약사님들의 양말을 빨아도 신이 났고 심부름을 하면서도 꿈이 있어 즐겁고 행복했던 곳. 25년 전 그때처럼 마음이 둥둥 하늘을 날았다.

일주일에 6시간 강의. 한 달에 40만 원을 월급으로 받았다. 왕복 기차승차권을 구매하고 밥을 사 먹고 나면 20만 원 남짓 남았다. 돈벌이로 따진다면 수익창출이 원활치 못하지만, 학생들과 꿈을 이야기하고, 그 꿈을 향해 달려갈 힘과 지름길을 알려 줄 수 있는 능력과 기회가 나한테 있다는 것이 고마웠다.

내 소년 시절, 대우당 약국 조 약사님의 따뜻한 조언을 따라가며 공부하는 즐거움을 알았다. 내가 가야 할 길이 어디인지 알았고, 그 길을 따라 열심히 달려와 오늘날의 내가 되었다. 나도 학생들에게 있어 등대 같은 존재가 되고 싶었다.

늘, 바빴지만 학생들을 위해 나의 시간을 쪼갰다. 학생들이 살아가면서 힘들고 어려움에 닥쳤을 때 혼자 해결 할 수 없는 이야기를 들어주고, 그 이야기에 내 의견을 제시해 주는 일이 보람되고 뿌듯했다.

변호사 사무실과 우송정보대학을 오가며 생활한 지 한 달쯤 지났을까. 25년이 흐른 지금, 대우당 약국 식구들이 어떻게 변했을까 궁금했다. 그리운 사람들을 만나러 가는 길! 발걸음이 가볍고 무척 경쾌했다.

약국 문을 밀고 들어가자 이제는 중년과 장년으로 중후함을 풍기는 형님들이 "어서 오세요!"로 나를 반겼다.

강산이 두 번 반이나 변했지만 내가 양말을 빨아줬던 형님들이 아직도 있었다. 형님 앞에 가서 "제가 문교부가 짧았던 강일원입니다." 웃으며 말하자 형님이 깜짝 놀라 로비로 나와 내 손을 잡았다.

형님들에게 우송정보대학에서 강의하고 있다고 말했다. 그러자 형님들이 기다리기라도 했다는 듯 예전에 날 볼 때도 약국 종업원으로 일할 애는 아니었다며 입을 모았다.

2002년 대한민국은 월드컵 열기로 후끈 달아올랐고, 나, 강일원은 소년 시절 꿈을 갖게 해 준 형님들과 짜릿한 해후를 즐겼다. 돼지 껍데기 안주에 소주잔을 기울이며 과거로의 이야기꽃을 피웠다.

나에게 수학을 가르쳐 주었던 형님이 내 어깨를 안으며 현재에 안

주하지 말고 더 멀리, 더 높은 곳을 보라고 격려해 주었다.

그렇게 2년 동안 우송정보대학에서 민법 강의를 했다. 그런데 내 강의법은 다른 교수와 조금 달랐다. 딱딱한 민법강의에 들어가기 전에 5분 정도 마음을 풀어주는 단계로 법과는 무관한 이야기를 제목을 달아 학생들에게 들려주었다.

뛰어난 사람이 아닌 열정熱情을 가진 사람이 되라.

공부와 삶에 충분한 열정을 쏟아라.

자신감 있게 성공成功을 좇고 세상을 바꾸는 주인공이 되라.

열정은 마음에서 나오는 힘이며 자신감이다.

열정이 넘칠 때 더 열심히 공부하고 일하게 된다.

여러분들이 좋아하는 일을 해라.

그 무엇도 두려워하지 마라.

나는 할 수 있다는 신념信念이 내 인생을 바꾸는 것이다.

위의 말은 내가 청룡사에서 사법시험을 공부하던 시절 마음속에 다짐하고 새기며 공부했던 내용이다. 나는 내가 겪은 일련의 일들을 학생들에게 전달해 주고 싶었다. 강의 시간이 끝나고 자유시간이 오면 내가 살아온 이야기도 제자들에게 들려주곤 했다.

2년 6개월의 강의를 마치고 퇴직을 하자, 나의 이야기에 감동하였다는 남학생이 선물을 주었다. 열어보니 정성이 듬뿍 담긴 색종이 공작새였다. 금방이라도 날개를 펴고 춤을 출 것 같은 공작새, 새 안에는 나의 성공을 응원해 주는 메시지가 담겨 있었다.

또 다른 여학생은 종이학 천 마리를 접어 유리병에 넣어 나에게 주었다. 정말이지 잊지 못할 선물이었다.

그렇게 학생들과 함께한 2년 6개월이라는 시간은 내가 학생들을 가르치기도 했지만 나를 성장시키는 고마운 시간이었다.

09

나의 좌청룡, 우백호
아들 형제

성구가 세 살이 되자 아기 티를 벗고 자기 생각을 표현하고 나의 대답을 기다리는 존재가 되었다. 성구에게 무엇을 가르칠 것인가. 부모로서 책임이 점점 불어나는 시기에 나는 그림책과 동화책을 많이 보여주었다. 동화를 읽으며 풍부한 상상력을 기른다면, 그림을 보면서는 안정적 정서함양을 바라는 나만의 교육 방법이었다.

그런데 아침 일찍 볼 일이 있다고 나갔던 아내가 상기된 얼굴로 들어왔다. 그리고는 성구를 안아 올리며 "우리 성구 동생 생겼네!"라고 말했다. 동생이라니! 결혼 후 5년 동안 애타게 기다려도 오지 않던 첫째 놈이었는데, 둘째가 이렇게 순조롭게 우리 곁으로 와 주었다니… 꿈만 같았다.

사실, 결혼 후 5년 동안 자식을 얻으려고 온갖 고생을 다 하며 애쓰는 아내를 곁에서 보면서 '성구를 아들로 보내주서서 감사하다.'고 마음을 비웠었다. 둘째는 하느님이 주시면 감사히 받아 잘 키우겠지만, 자식을 얻으려고 아내를 힘들게 하고 싶지 않았다. 그냥, 우리 곁에 있는 아들한테 최선을 다하자고 말했다.

성구가 있어서 그런지 아내도 둘째에 대한 욕심은 크지 않지만, 딸이든 아들이든 한 명만 더 낳았으면 좋겠다고 했다. 매일 하느님께 드리는 우리의 기도 중에 성구에게 동생을 한 명만 보내 주시기를 빌었다. 그랬더니 그 둘째가 이렇게 조용히… 우리 곁으로 왔으니 행복에 행복이 더해졌다.

아내를 가만히 안았다. 그러자 우리들의 이야기를 알아들었는지 성구도 '동생'이라며 좋아했다.

1997년 목련이 막 꽃망울을 만들고 있는 3월 27일, 나의 두 번째 분신 강경범이 태어났다. 신혼 시절 5년이 적막했다면 아들 둘이 태어나 자라고 있는 7년은 시끌벅적해졌다. 아이들의 웃음소리와 노랫소리가 온종일 끊이지 않았다.

그런 어느 일요일, 경범이만 데리고 외출을 하는 아내가 나에게 성구를 부탁했다. 성구와 잘 놀고 있을 테니 걱정 붙잡아 매고 편하게 다녀오라고 큰소리를 치고 성구와 함께 위인전을 읽었다. 한 권의 책을 다 읽고 책을 바꾸러 방으로 들어갔는데 성구의 날카로운 비명이 들렸다.

일곱 살 성구의 손가락으로 220볼트의 전류가 흐르며 감전된 사고였다. 호기심이 많은 성구가 거실 벽에 있는 콘센트에 장난감에 달린 구리선을 끼워 넣은 것이었다.

거실 바닥에 나동그라진 성구를 보니 앞이 캄캄했다. 방금 일어난 일이 무슨 일인지 안갯속처럼 뿌연 것이 꿈만 같았다. 정신을 가다듬고 119에 신고를 하고 성구를 둘러업었다.

영등포에 있는, 우리나라에서는 화상치료를 제일 잘한다는 한강성심병원 응급실로 갔다. 성구의 손가락을 본 의사 선생님이 혀를 끌끌 차며 큰일 날 뻔했는데 이만하니 다행이라면서 애타는 내 마음을 안심시켜 주었다.

그러나 성구의 상태는 생각보다 심각했다. 타 버린 손가락 봉합수술을 하기 위해 엉덩이 살을 떼어 손가락에 이식했다. 아이 다치는 일이 찰나라더니 정말이지 순간에 일어난 사고였다.

늦게 소식을 듣고 달려온 아내가 발을 동동 구르며 눈물을 흘렸다. 성구를 잘 본다고 큰소리쳐 놓고는 이 지경을 만들었으니 아내에게 무어라 할 말이 없었다.

불안해하는 아내의 손을 잡고 의사 선생님이 괜찮다고 했으니 걱정 말라며 안심시켰다.

6시간여의 수술 시간! 하루의 사 분의 일인 6시간이 마치 여삼추로 느껴졌다.

수술실 문이 열리며 "수술은 잘 되었다."고 의사 선생님이 말씀했다. 너무 긴장했었는지 몸이 나른하며 힘이 쭉 빠져나갔다. 성구는 입원실로 옮겨졌고 회복도 빨라 일주일 만에 일상으로 돌아왔다.

일곱 살 성구의 장래희망은 과학자가 되는 것이었다. 그래서 전기가 어떻게 통하는지 실험을 해 본 것이라고 했다. 그리고는 손가락이식 수술한 것이 무슨 훈장이라도 되는 듯 다친 손가락을 곧추세워 의사 선생님들에게 자랑까지 했다. 우리 아들 성구는 그즈음 한강성심병원 의사 선생님과 간호사들 사이 '꼬마과학자'라고 불리는 귀염둥이 환자였다.

어린 시절, 호기심 덕분인지 성구는 경기도에서 주최하는 슈퍼영재 선발대회에 선발되기도 했다. 호기심이 많은 만큼 궁금증도 많고, 그 궁금증을 풀어보려는 욕심도 있다. 그런 성구가 공주에 있는 한일고등학교로 진학했는데 늘 바쁘게 사는 나를 대신해서 스스로 열심히 해주었다. 부모로서 신경을 많이 써줘야 할 시기였지만 그렇지를 못했다. 지금 생각하면 참 미안하기도 하지만 스스로 알아서 했다는 것이 대견스럽다. 지금은 고려대학교로 진학, 2학년에 재학 중으로 자신이 이루고자 하는 꿈을 향해 열정을 쏟고 있다. 앞으로 군 복무도 마쳐야 하고 사회인으로 첫발도 내디뎌야 하는데 우리 아들 성구가 무엇이 될지 궁금하기도 하고 기대되기도 한다.

둘째 경범이는 성구와 다르다. 어린 시절 엄마와 형의 손을 잡고 도서관에서 책을 보는 것이 일과였지만 형과는 다르게 공부보다는 다른 분야에 소질을 보였다. 그래서 경범이가 택한 학교는 부천에 있는 특성화 고등학교로 3학년에 재학 중이다.

나는 무조건 공부만을 강요하고 싶지는 않다. 공부할 사람은 공부하는 것이고 다른 재능이 있다면 나는 그 재능을 더 키워주고 싶다.

아이들이 모두 학교로 가고 나면 집안이 썰렁해진다. 아이들의 빈 방 앞에 서서 이런저런 생각을 하다 보면 아이들이 언제 이렇게 자랐나 싶다. 아이들이 어렸을 적엔 하도 귀엽고 사랑스러워 천천히 자라주었으면 좋겠다는 생각도 해 보았다. 그러나 지금 보니 나보다 더 큰 키에 우람한 체격이 듬직하다. 우리 부부의 분신, 우리 부부의 든든한 울타리. 두 아들 모두 건강하게 자신들이 원하는 방향으로 나아가고 있는 것 같아 기쁘고 뿌듯하다.

강성구, 강경범 사랑한다!

10

부천시 소사구의 쌍두마차 정치인

신한국당 김문수 후보와
새정치국민회의 박지원 후보

1995년 6월 29일 오후 5분 전 6시.

대한민국 모든 방송국에 긴급속보가 전해졌다. 국민들은 아연실색, 넋을 잃고 텔레비전 화면을 응시했다. 우리나라 부유층의 대명사인 서초동에 있는 삼풍백화점 붕괴 사고였다. 삼풍백화점은 서울 소공동에 있는 롯데백화점 본점 다음가는 규모로 대한민국 백화점 매출 업계 1위를 달리던 초호화 백화점이었다.

텔레비전 화면의 사람들이 통곡하고… 매몰 된 사람들이 구출될 때마다 환호성과 함께 울음바다가 되었다. 무너진 건물더미에서 매몰 된 사람들을 찾느라 바쁘게 움직이는 소방대원들을 보며 한 명이라도 더 빨리 구조되기를 바라며 안타까움에 발을 동동 굴렀다.

나중에 집게 된 피해는 사망 502명에 실종이 6명, 부상이 937명으로 총 1,445명의 엄청난 피해자를 냈다. 재산 피해액도 2,700여억 원으로 인적, 재산적 피해로는 1950년 발발된 한국전쟁 이후 가장 컸다.

내가 다니는 소사 3동 성당에서도 삼풍백화점 붕괴로 희생된 사람들의 명복을 빌고, 매몰 된 사람들이 구출되기를 바라는 간절한 기도가 이어졌다. 너도나도 한마음으로 어서 빨리 매몰 된 사람들이 구출되고 부상한 사람들이 완쾌되기를 빌었다.

그때 성당에서 만난 분이 바로 제15대 신한국당 국회의원 후보로 물망에 오른 김문수 후보님이었다. 미사 시간에는 가끔 봤지만, 정식으로 인사를 나누는 건 처음이었다.

그런데도 오랫동안 만나오던 분처럼 반가이 내 손을 잡아 주었다. 천주교 본명이 모세인 김문수 국회의원 후보님은 자신이 모세처럼 기적을 일으키진 못하지만, 기적이 일어나길 기도한다고 말씀했다.

그리고 또 한 사람. 14대 민주당 국회의원으로 소사구에 지역구를 둔 박지원 비례대표 국회의원님이었다. 두 분 모두 내가 다니는 성당의 교우였다. 내가 사는 삼익아파트를 둘러싸고 옆 동엔 박지원 국회의원님이 살고 있고, 우리 집 뒤 한신아파트에는 김문수 15대 국회의원 후보님이 살고 있었다.

정치인들이 그것도 여당과 야당으로 갈려 같은 성당에서 종교 활동을 하다 보니 교우들의 교심도 두 가지로 갈렸다. 어떤 교우는 박지원 의원님을 응원하고, 어떤 교우는 김문수 신한국당 국회의원 후보님을 응원했다. 정치에 관심이 많은 나도 예외는 아니었지만, 어느 당의 누구를 지지할 것인지 결심이 서지 않았다.

김문수 후보님은 마음을 교류할 수 있는 좋은 분이었고, 박지원 국회의원님은 호남이 고향인 동향인이었다.

이렇게도 저렇게도 하지 않고 그냥 교우로만 생각하고 두 분을 대했다. 그런 나를 보던 친구가 안타깝다는 듯, 그래도 동향인인 박지원 국회의원의 뜻을 따르는 것이 어떻겠냐고 제안했다.

그러나 내가 동향이라 하여 박지원 후보님을 따르고자 맘먹어도 그분이 불러주지 않으면 안 되는 일이고, 김문수 후보님 역시 역경을 딛고 살아온 처지가 비슷하여 따르고 싶어도 그분과 인연이 닿지 않으면 안 되는 일 같았다. 그냥 사람이 올바르고, 뜻이 같으며, 바라보는 방향이 같으면 누구와도 동지가 될 수 있다고 생각했다.

미사 후, 김문수 후보님과 박지원 국회의원님의 행보를 예의주시하며 유심히 살펴보았다. 그때, 내 눈에 들어온 것은 김문수 후보님의 사람살이에 대한 관심과 다정함, 이웃 아저씨 같은 털털함이었다. 마음속으로 내가 정치를 배운다면 김문수 후보님에게 배우고 싶다는 생각이 들었다. 그러나 성당 미사 시간에만 잠깐씩 만났을 뿐 그 누구와도 개인적 교류를 갖지 못했다.

그리고 밝아온 1996년. 예상대로 부천시 소사구의 국회의원 후보는 신한국당에서는 김문수 후보님을 공천했고, 국민회의에서는 비례

대표 박지원 국회의원님을 공천했다. 그리고 총선을 향한 후보자들의 선거운동이 시작되었다.

　독립유공자의 아들로 태어나 승승장구 공부를 마친 박지원 후보님. 민주당 수석 대변인에 국민회의 대변인을 지낸 막강정치인으로 재선에 도전하고 있고, 노동운동가 출신의 김문수 신한국당 후보님은 4H, 야학, 농민운동을 했으며 환경관리기사, 안전관리기사 등 국가기술자격증 8개를 취득하고 한일 도루코 노조위원장을 지냈다. 과연 이 두 분을 놓고 부천시 소사구민들의 선택이 어떻게 갈릴지 귀추가 주목되었다.

　용호상박(龍虎相搏). 그야말로 숨 막히는 접전이었지만 결과는 김문수 신한국당 후보님의 승리였다. 나도 모르게 박수를 쳤다. 그리고 축하의 인사를 마음으로 보냈다.
　그렇게 1996년 15대 총선에 출사표를 던진 신한국당의 김문수 후보님과 국민회의의 박지원 의원님의 한판 승부는 김문수 후보님에게 석패惜敗하여 금배지를 잃은 박지원 의원님의 패배로 끝이 났다.
　그 후, 국민회의의 박지원 의원님이 삼익아파트에서 이사함으로써 우리 성당의 미사 시간 중 어정쩡한 만남도 종료되었다.

　그 후, 김문수 국회의원님은 부천시 소사구에서 3선의 영광을 안았고, 경기 도지사에 당선되었다.
　그리고 나에게는 1998~2002년까지 소사 성당 교육부 차장으로

'미사 전 5분 교리'를 주재하는 역할이 주어졌다. 신부님이 미사를 준비하시는 동안 주변을 정리하는 의미로 신설된 미사 전 5분 교리는 신자들에게 많은 사랑을 받았다. 그때, 나를 유심히 본 사람이 바로 김문수 국회의원님이었고 우리의 인연도 그렇게 왔다.

11

우리에게
평화를 주소서

고향 집 앞산, 아미산 중턱에 자리 잡는 천년고찰千年考察 천태암天台庵을 무수히 오르내리며 두 손을 모아 우리 가족의 무고를 빌었던 어머니. 그러나 나는 무신론자였다. 정말 신이 존재한다면 아버지 없이 힘들게 살아가는 우리 가족을 이토록 오래 외면할 수는 없다고 생각했기 때문이다. 그런데….

GOP 군 복무 중 24시간 보초를 마치고 내무반엘 들어왔는데 동기인 김성일 일병이 '신약성서'를 나에게 건네주며 성서를 보면 칠흑 같은 그믐밤에 철책근무를 서도 불안한 마음이 사라진다고 말했다.

신의 존재를 믿지 않는 나에게 김 일병 말이 들릴 리 만무했다. 그냥, 아무 생각 없이 책처럼 받아 사물함에 넣어 두었다. 그리고 얼마쯤 지났을까.

내가 입대하기 전, 우리 친척 중 영매靈媒에 들린 아주머니가 한 명 있었다. 동네 사람들 말이 오밤중에 아미산 정상을 여덟 바퀴 돌고 새벽에 집으로 돌아왔다느니, 보성강 물 위를 날듯 걸어서 건넜다느니, 초능력자만이 가능한, 마치 전설 같은 이야기가 실제상황이라며 쑤군거렸다. 아주머니의 행동이 신기하기도 하고 무섭기도 했지만, 인간도 충분히 영적인 능력을 가졌을 수 있다고 생각했다.

그런데… 김성일 일병으로부터 신약성서를 받은 지 일주일 되던 주일 밤, 꿈에 친척 아주머니가 보였다. 꿈속에서도 아주머니를 피해 숨었는데 아주머니가 나를 끌고 깊고 깊은 지하실로 내려가는 것이다.

지하실에는 사체가 즐비했는데 특이한 것은 사체들이 모두 물에 불은 듯 부풀어 관에 들어가지 않는다는 것이다. 아주머니와 몇몇 사람들이 사체를 들어 꾹꾹 누르며 관에 넣어보지만, 풍선처럼 부푼 시체들이 제멋대로 튀어나왔다.

끔찍한 모습에 지하실을 탈출하기 위해 발버둥 쳤지만, 출구가 보이지 않았다. 이리저리 사방 벽에 가서 부딪치며 허둥대는데… 한쪽 벽에서 환히 불 밝혀진 빨간 십자가가 보이기 시작했다. 십자가를 따라 무작정 달렸다. 푸른 하늘이 보이며 태양이 이글거리며 돌고 있었다.

꿈에서 깨어났다. 온몸이 땀에 흠씬 젖었지만, 마음이 편안했다. 간접적으로 신을 경험하고 나니 교회엘 가고 싶어 김성일 일병을 따라 교회에 갔다. 그리고 제대 후에도 교회를 열심히 다녔는데 결혼을 하고 보니 아내에게 종교가 없었다.

무신론자였던 아내에게 함께 신앙생활을 하자고 권유했으나 다른 종교보다는 가톨릭인 성당이 좋겠다고 했다. 하지만 성당으로 인도해 주는 사람이 없으니 첫발 내딛기가 쉽지 않았다.

어느 여름날, 저녁을 먹고 아내와 함께 동암에 위치한 십정 성당 주변을 걸어가는데 수녀님이 다가오셨다. 얼른 다가가 인사를 드리고 성당엘 다니고 싶은데 절차를 모르겠다고 말씀드렸다. 그러자 수녀님이 우리 부부를 너무도 반갑게 맞이해 주시며 마침 교리가 시작되니 교리 반에 등록하라고 안내해 주셨고, 그렇게 우리는 천주교 신자가 되었다.

1989년 12월 25일, 성스러운 크리스마스 날. 나는 요셉, 아내는 마리아로 본명을 받아 세례를 받았다. 예수님의 상징적 아버지와 어머니로 본명을 받았으니 일거수일투족을 조심하기로 마음먹고 일요일을 기다려 성당으로 가 미사에 참례했다.

1년이 흘렀지만, 신앙의 성장은 없었다. 미사만 지킬 뿐 성당에 대해 아무것도 모르다 보니 발바닥 신자일 수밖에 없었다. 그렇게 첫 세례를 받은 십정성당에서의 활동은 아예 없었다.

결혼하고 동암역 근처에 셋방을 얻으며 아내와 약속한 것이 한 가지 있었다. 그것이 바로 돈을 벌면 전철역을 거슬러 올라 서울로 가자는 것이었는데 결혼한 지 4년 만에 인천 동암에서 경기도 부천시 역곡역 주변인 한신아파트에 도착했다. 이제, 우리의 목표인 서울 오류동역까지는 단 두 역을 남겨놓았다.

한신 아파트 근처 소사 3동 성당으로 교적을 옮기고 신부님께 인사를 갔다. 신부님이 우리 부부를 반갑게 맞이해 주셨다.

구역반상회가 열려 참석해 보니 새내기 우리 부부와는 달리 우리 구역 교우들은 초대신부님 때부터 적극적으로 활동하면서 고인이 되신 유영훈 신부님, 오직 기도중심인 김용환 신부님과 함께 모범된 신앙생활을 하고 있었다. 하느님의 뜻을 묵묵히 따르며 실천하는 소사 3동 신자들의 깊은 신앙심에 많은 감동을 한 우리 부부도 신앙생활을 열심히 하고 싶었다.

그 후, 주임 신부인 박유진 신부님이 나에게 교육부 차장을 해 보라고 권유했다. 검정고시로 중·고등학교 과정을 이수하여 여러 사람 앞에 서 보지 않아 잠시 걱정도 되었지만 '아버지께서 함께 계시니…!' 하며 자신감을 가졌다. 중앙대학교 대학원에서 법학 석사과정을 공부하고 있으니 남들 앞에 서볼 기회가 생긴 것이 감사한 일이었다.

미사 전 5분 교리를 맡아 하며 형제, 자매님들을 만났다. 신앙이 비 온 후 고사리처럼 쑥쑥 자라는 것 같았다. 우리 지역 활동과 인천교구 선교분과차장, 사목분과 부장을 맡아 하며 신앙생활을 굳건히 다졌다.

그런 어느 날. 박유진 신부님을 모시고 사목회 임원 회의가 열렸다. 의제는 소사 3성당 교육관 건립추진사항이었다. 사목회에서 교육관 건립 자금을 마련하기 위해 공원묘지를 조성하여 분양하기로 했는데 차질이 생겼다. 부지 선택만 되면 곧바로 분양에 들어가려 했는데 부지 대금의 10%를 계약금으로 치러야만 분양을 할 수 있다는 것이었다.

난감해진 신부님과 사목회 임원들 간에 무거운 침묵이 흘렀다. 그러자 박유진 신부님께서 사비를 털어 계약금의 사 분의 일을 내겠다고 하셨다. 그리고는 얼마의 시간이 흘러갔을까. 서로 침묵을 지키고 있던 회원 중 두 분이 신부님 뜻을 따르겠다고 했고, 나도 신부님 뜻을 따르겠다고 했다. 그리고는 나의 총 재산인 아파트 등기부 등본을 성당에 맡기고 대출을 받아 공원묘지 부지 계약금을 치르는

데 동참했다. 신부님을 포함한 4명의 신자가 공원묘지 부지 계약금
을 차용했던 것이다.

　말은 쉽지만, 정말이지 어렵고 힘들었던 공원묘지 부지계약금 조
달이었다. 공원묘지 분양이 순조롭게 진행되면 반환될 자금임이 분
명한데도 모두 선뜻 결심하지 못하고 망설였다. 지나고 보니 박유진
신부님의 결단력에 머리가 숙어진다.

　십시일반十匙一飯, 그것은 종교인뿐만이 아니라 우리가 살아가는데
반드시 실천해야 할 덕목일 것이다. 혼자보다는 둘의 힘이 강하다. 나
한테 돌아올 이익을 먼저 생각하기보다 상대방에게 내가 얼마나 필요
한가를 먼저 생각한다면 정말이지 살맛 나는 세상이 될 것이다.

　그렇게 어려움을 딛고 건립된 소사 3성당 교육관에서는 미래를 짊
어지고 나갈 어린 양들이 맘껏 뛰어놀며 공부하고 있고, 신자들의
신청에 따라 교수를 초빙하여 갖가지 삶에 도움이 되는 교육 프로
그램을 진행하고 있다. 교육관이 우리 소사 3동 모든 교우들에게 평
화를 주는 소통의 공간이 된 것이다.

제3장

가을秋

가을, 열매의 달콤함
그것은 피와 땀의 결정체인 선물

그대 아는가…
각혈咯血하듯 단장하고 떨구는 이파리의 실체
그 달콤한 시간과 쓰디쓴 고난의 시간이 주는 희열喜悅

그것은…
한 몸 살라 거름이 되려는 아낌없는 몸부림

차 례

부천시의회 의원에 도전장을 낸
강일원

2002년 5월 31일부터 6월 30일까지 우리나라와 일본에서 공동으로 열린 2002년 월드컵. 거리가 온통 붉은 물결이었다. 축구를 응원하는 붉은 악마가 입은 붉은 티셔츠는 우리나라 국민이라면 누구나 입어야만 하는⋯ 마치 유니폼 같았다. 나 역시 붉은 티셔츠를 입고 통닭집에서 닭다리를 뜯으며 출전 선수들을 목이 터져라 응원했다.

박지성 선수의 오버헤드 킥 골인과 안정환 선수의 반지 세레모니가 화제가 되어 인터넷을 뜨겁게 달궜다. 월드컵 주최국이라는 호재 앞에 선수들까지 잘 뛰어주니 그야말로 금상첨화였다. 우리 선수들의 눈부신 활약으로 월드컵 4강을 거머쥐고 월드컵의 막이 내렸다.

그렇게, 월드컵 열기로 온 나라가 뜨겁게 달아오르던 2002년 6월 13일, 대한민국 전국에서 지방의회 의원과 지방자치단체장을 뽑는 선거가 있었다. 월드컵 열기로 지방선거가 살짝 묻혔지만 국민들의 관심 속에 순조롭게 끝이 났다. 나 역시 아내와 함께 투표하고 개표를 기다리고 있었다.

내가 지지하는 부천시 의원들이 다수 당선되었다. 나에게도 시의원의 자리를 준다면 정말 열심히 잘할 수 있을 것 같았다. 시민들을 위해 발로 달리며 아픈 곳 가려운 곳 찾아 다독여주며 긁어주고 싶었다. 서로 도우며 하나, 둘씩 엉킨 실타래를 풀어가는 과정도 보람찰 것 같았다. 아직은 시기상조이리라. 기다리며 나의 정치적 실력을 확고하게 쌓아가기로 마음먹었다.

아들 형제를 키우지만 아직은 어려서 학비 걱정이 없고, 변호사 사무실 사무장을 맡고 있으니 넉넉하진 않아도 생활비 걱정은 없었다. 나를 키우려면 배워야 한다. 중앙대 석사로 머물기보다는 박사가 되고 싶었다. 낮에는 직장에서 일하고 있으니 공부는 당연히 야간이었다.

2003년 중앙대학교 법학대학원 박사과정에 입학했다. 내 나이 45살에 공부를 할 수 있는 환경과 의욕이 뒷받침된다는 게 감사했다. 그러나 이 행운은 누가 뭐래도 안정적으로 돌아가는 변호사 사무실과 사랑하는 가족들 덕분이라고 생각한다.

그렇게 2003년도에 중앙대학교 박사 과정을 시작하자, 내 인생의 전환점이라고 할 기회가 찾아왔다.

2003년 10월 30일 부천시 의원 보궐 선거가 있었다. 2002년 지방

선거 때 당선된 시의원이 선거법을 위반해 탈락한 것이었다.

부천시의회 의원 보궐 선거에 한 번 도전해 보고 싶었지만, 정치인의 추천이 필요한 것 같았다. 그때 마침 김문수 의원님의 보좌관인 노영수 씨가 후보자를 물색 중이라는 것을 지인을 통해 알았지만 내가 나를 추천해 달라고 말한다는 게 무척 겸연쩍었다.

'기다려 보자.' 아무 내색도 하지 않고 하느님께 '제가 쓰임새가 있거든 요긴하게 써 주십시오.' 하며 기도만 올렸다.

그 후, 학교에 다녀오는 길에 지하철 안에서 우연히 김문수 의원님의 부인인 설 여사님을 만났다. 여사님과는 성당 교우로 김문수 의원님보다 먼저 알고 지냈고 친숙했다. 어디 갔다 오느냐는 설여사님의 물음에 대학원에서 박사과정을 공부하고 있다고 말씀드렸다. 그랬더니 며칠 뒤 김문수 의원님이 나를 사무실로 초대했다.

소사 3거리에 위치한 김문수 의원님 사무실로 찾아갔다. 나를 본 김문수 의원님이 1분 스피치로 나를 소개하라고 했다. 그때 마침 민주당의 상대 후보가 절도 전과 등이 있는 분이었다. 자신감을 가진 나는 어렸을 적 이야기부터 지금까지 살아온 이야기를 요약해서 말했다.

내 이야기를 들은 의원님이 감동 어린 눈빛으로 '그래. 이런 진실한 사람이 필요해!' 하며 나에게 힘을 주었다. 그리고 얼마 후, 김문수 의원님이 나를 부천시 의원 보궐선거 후보로 추천했다.

한나라당에서는 나를 내천해 주었고 민주당에서는 김○○ 씨를 내천했다. 나는 독학으로 박사과정을 공부하고 있고 상대방은 절도 전과가 있는 사람이었다. 그래서 김문수 의원은 전과자를 시의원으로 뽑는 것이 좋을지, 강일원처럼 어려운 환경을 딛고 착실히 살아온 후보가 좋을지, 유권자들이 현명하게 판단해 줄 것을 연설장에서 말씀하였다.

김문수 국회의원님까지 나를 응원해 주시어 선거가 순조롭게 진행되는가 싶었는데 김문수 의원님이 데리고 있던 김명주 씨가 내천에 불복하여 선거에 출마했다. 그러다 보니 민주당과의 격돌이 아니라 우리당끼리의 격돌이 되었다.

나는 김문수 의원님이 내천한 사람이고, 그 사람은 내천을 받지 못한 사람이니 소사구민들이 현명한 판단을 내려주실 것을 당부하며 선거운동을 했다.

그러자 김명주 후보가 자신은 한나라당의 내천을 받지 못해 무소속으로 출마했지만 찍어만 주신다면 부천시의회 의원으로서 열심히 일 잘할 수 있다며 목소리를 높였다. 박수가 터져 나왔다. 그 정도로 김명주 후보자의 위력이 강했다.

그렇게 김명주 씨와 나 사이 치열한 선거운동이 계속되었고 마침내 투표 날이 다가왔다.

개표실황을 보는 것은 선거운동을 할 때보다 더 피를 말리는 순간이었다. 한 표 한 표가 집게 될 때마다 입안의 침이 말랐다. 김명주 후보와 한 치 앞을 가늠할 수 없는 치열한 접전! 그렇게 개표가 마무리되자 상대방 후보보다 내가 53표를 더 얻어 당선의 영광을 안았다.

감사했다. 내가 안은 영광은 절대로 내가 잘나서가 아니다. 유권자 여러분들이 나의 진심을 알아주고 나를 지지해 주셨다는 것이 정말이지 감사했다. 울컥! 가슴이 벅차고 목울대가 뜨거워지며 코끝이 찡했다.

알고 보니 나의 보금자리인 괴안동 삼익아파트 주민들의 지지율이 70%로 압도적이었다. 스치듯 지나갔지만 나를 기억해 주는 주민들을 위해 나는 무엇을 할 것인가?

그것은 이 행복한 순간을 맞이할 수 있도록 나에게 한 표를 던져 준 유권자 여러분에게 실망을 주지 않는 강일원이 되는 것이리라. 이웃을 먼저 생각하고, 이웃을 먼저 살피는 따뜻한 마음과 겸손한 자세, 초심을 잃지 않으리라 굳게 다짐했다.

모교인 중앙대학교 행정대학원에
출강하다

부천시의회 의원으로 활동하며 변호사 사무실 사무장과 박사과정 공부까지, 1인 3역을 한다는 것이 너무도 벅찼다. 12년 동안 변호사 사무실에서 일해 오며 지금껏 쌓아올린 노하우를 그냥 묻기엔 아까웠지만 퇴직했다. 부천시의회 의원으로서 열심히 일하며 정치를 제대로 배우고 싶었다.

내가 부천시 의회 의원으로 활동하며 보람을 느낀 건 역곡역 자연하천 정화사업이었다. 부천시 소사구 옥길동 510-1~606번지 일대로 흐르는 하천으로 생활하수가 유입되어 악취가 발생하고 수질오염이 가중되고 있었다.

역곡천에 대하여 역곡 하수처리장 및 오수차집관거 사업계획과 병행하여 하천이 지닌 환경적인 요소를 고려하면서 치수 안정성 확보

및 수질개선을 도모할 수 있는 자연 친화적인 하천 정비 사업을 시행함으로써 시민들에게 친숙하고 쾌적한 생활공간을 제공했다.

하천의 환경보전과 자연미를 고려하여 하천을 정비하였고, 하천의 통수 단면 및 치수 안전성을 확보했다. 그리고 생태 측면에서 자연적인 식생 및 생물이 접근할 수 있도록 유도했다.

하천 부근에 사는 주민들에게는 물과 가까이 있는 휴게공간을 만들어 환경을 쾌적하게 하였다. 가장 중요한 하천의 직간접적인 수질 개선을 도모했다.

언제나 맑은 물이 졸졸 흐르는 깨끗한 하천! 그것은 역곡천뿐만이 아니라 우리가 사는 주거지와 인접한 모든 하천에서 정비되어야 할 필수조건이다.

역곡천이 달라지자 역곡 3동과 옥길동 일대 주민들이 모여 수변 축제를 열고 있다. 매년 9월 열리는 수변 축제에는 참여 인원만도 200명이 넘는다. 악취가 풍기던 하천이 자연 친화적으로 정비되자 아름다운 하천을 영원히 지키려는 주민들의 노력과 관심이 수변 축제라는 새로운 축제문화를 만들어 가고 있다.

역곡천 사업개요는 다음과 같다.

[사업개요]

- 위치: 부천시 소사구 옥길동 510-1~606번

- 사업량: L=1,418m, B=25~30m

- 사업기간: 2006.1월~2008.12월

- 총 사업비: 16,500만 원(국비 4,764 도비 1,021 시비 10,715)

나는 악취가 풍기는 역곡천 정비 사업을 진행하기 위해 국비와 도
비, 시비를 받아내느라 혼신의 힘을 다했다. 그것이 악취로 인한 불
편을 호소하는 시민들의 소리를 제대로 듣고 실천하는 시의원의 의
무라고 생각했기 때문이다.

그렇게 시의원으로 활발하게 활동하던 2005년 2월 중앙대학교 법
과대학원에서 법학 박사 학위를 받았다. 가족은 물론, 나를 아는 많
은 사람이 축하의 박수를 보내주었다. 그러자 부천시의회에서는 강
일원이라는 내 이름보다 법학박사 시의원 1호로 불릴 정도로 나의
실력을 인정해 주었다. 그런데 나의 의지와 실력을 인정하는 곳이
또 한군데 있었다.

바로, 모교인 중앙대학교 행정대학원 야간부에서 출강해 달라고
부탁했다. 일주일에 6시간 강의로 부천시의회 의원으로서 의정활동
에는 아무런 지장이 없었다. 정말이지 영광된 일이었다.

아카시아와 밤꽃 향기가 천지를 휘감는 2006년 6월. 중앙대학교
행정대학원에서 강의를 시작했다. 대전에 있는 대전우송정보대학에

서 강의할 때보다 여유롭고 편안했다. 그것은 대학원 학생들의 연령대가 높고 나와 살아온 시대가 비슷한 학생이 있기 때문인 것 같았다. 그야말로 열강을 했다. 야간에 그것도 나이가 들어 공부하는 심정을 누구보다 내가 잘 알고 있기 때문이었다.

세월이 가는 것이 언제인들 아깝지 않으랴만 나이가 들면 들수록 허송세월이 정말 아깝다. 내가 직접 겪은 일이니 내가 알고 있는 것을 최선을 다해 알려주고자 노력했다.

일주일에 6시간 한 번의 강의지만 재산관계법 강의는 물론, 인생사 가정사 상담까지… 정말이지 활기가 넘쳤다. 그런데… 나의 경기도의원 출마 계획으로 학생들과 작별의 시간이 왔다. 그간 나의 강의를 듣던 순간을 마음에 담은 학생들의 메일이 속속 도착했다. 2007년, 학생들에게 받은 이메일을 나는 아직도 소중하게 간직하고 있다. 나에게는 이 모두가 보물이니까.

한 한기 동안 교수님 강의 들으면서 어렵게만 느껴졌던 '법'이 친근하게 바뀌게 되었습니다.
항상 교수님께서는, 밝고 건강하신 모습이어서 좋았고, 지루함 없이 재미있게 강의해 주셔서 늘 즐거웠습니다.
　　　　　　　　　 -중앙대학교 행정대학원 도시환경행정학과 3차 김민경-

학부 전공이 법과는 거리가 먼 어학 쪽이라 법이 너무나도 낯설게 느껴졌었는데, 교수님의 강의를 듣고 법과의 거리감을 조금이나마 좁힐 수 있는 소중하고 귀한 강의였습니다.

-김향미-

한 학기 동안 늘 보는 것만으로도 저희에게 웃음을 주시고 즐거운 수업 분위기 이끌어 주시며 교수님의 열~강의에도 감사드려요^^ 교수님 사랑해요~~~~~~~~♡♡♡♡♡♡♡♡♡♡♡♡♡♡

-행정대학원 1차 이영희-

그동안 교수님의 열정적인 강의를 들으며 한 학기 내내 정말 유익하고 즐거웠습니다. 그리고 수업시간에 보여 주셨던 그 열정 그대로를 후배들에게도 아낌없이 쏟아주시길 부탁드립니다. ^^

-중앙대학교 복지행정학과 권혜경-

첫 수업에서… 저희 강의실로 오셔서… 멋진 폼을 잡으시면서… 수업을 시작하시려는 그 모습에 반하여… 저희가 몽땅 5명이나 우르르… 옆 강의로 옮기었던 그때가 바로 오늘 같은 데 어느덧 종강을 하였네요. 강의시간 내내… 저희는 행복했습니다.

-복지 5차 변순복-

교수님 수업은 유쾌하게 웃을 수 있어서 좋았습니다.

보태서 개인적인 대화를 나눌 수 있는 기회가 있어서도 좋았고요.

-행정대학원 행정학과 이영애-

무엇보다도 감명 깊었던 것은 교수님이 살아오셨던 얘기를 들려주셨을 때였습니다. 그날 엄청나게 웃으면서 들었지만, 오늘의 교수님이 계시기까지 얼마나 많은 시간들을 인내와 의지로 버티셨는지 마음속으로는 눈물이 났거든요.

교수님 말씀 듣고 교수님의 강한 의지와 또한 앞으로도 큰 꿈을 향해 미래를 준비하시는 모습 뵈면서 감동하였답니다.

겸손하신 자세와 탄탄한 실력, 현장 감각 등이 나중에 더 큰 책임 있는 위치에서 다른 사람을 리드하실 분이라는 생각이 들었습니다.

-강미현-

왠지 모르게 교수님 강의에는 빠지고 싶지 않은…^^

뭔가 매료되는…^^

졸업을 하면서 교수님의 명 강의가 제일 기억에 남을 거예요.

다정다감함/정열/자상함/… 기억에 남은 모습들을 오랫동안 간직하고 싶어요^^

-제자 김양선 드림-

03

주민들의 손과 발이 되어주고 싶은
시의원

지나칠 수 없었던 이야기 1

소사 3동 성당에서 만난 고향 선배이신 조천우 형님과 함께 소사 3동 성당 근처에서 식당을 운영하는 자매님의 음식점으로 갔다. 자매님이 운영하는 식당에서는 고향의 맛과 함께 훈훈한 정을 느낄 수 있다. 그래서 나는 고향 생각이 날 때 가끔 자매님의 식당에서 고향의 맛을 음미하곤 했다.

그날도 형님과 함께 맛있는 식사를 즐기고 있는데 음식을 날라주는 젊은 아주머니가 너무도 힘이 없어 보였다.

'무슨 걱정이 저리도 많을까…' 어두운 표정에 안색까지 누렇게 뜬 아주머니가 금방이라도 쓰러질 듯 비틀거렸다. 그런 아주머니를 보며 밥을 먹으려니 걱정이 되어 밥이 목구멍으로 잘 넘어가지 않았다.

밥을 먹던 형님이 나를 빤히 쳐다보더니 이렇게 물었다.

—정치인들이 누구를 위해 존재한다고 생각하느냐?

갑작스런 형님의 물음에,

—국민을 위해서죠.

라고 얼른 힘주어 대답했다. 그리고 가만히 생각해 보았다. 그렇다면 나는 우리 소사구민을 위해 무엇을 어떻게 하고 있는가.

수저를 놓고 자매님과 마주 앉아 젊은 아주머니에 관해 이야기를 나누었다. 그러자 자매님 말씀이 아주머니의 나이는 사십 대 초반이며 이름은 신경화 씨인데 남편이 실직하여 사는 게 무척 어렵다고 했다. 그런 와중에 이틀 후에 대장암 수술이 예약되어 있어 한 푼이라도 벌지 않으면 안 된다고 하여서 할 수 없이 일을 시켜 주었다는 것이다.

자매님의 이야기를 듣고 보니 기가 막혔다. 이틀 후 대장암 수술을 받을 암 환자가 음식점에서 음식을 나르고 있다니! 가슴이 휑하니 마음이 짠했다.

자매님이 주저하며 말씀을 이어갔다. 그러잖아도 저 아주머니 때문에 의원님께 들어갈 민원이 있으니 검토 좀 해 달라는 것이었다.

그 후 일주일이 지나자 자매님이 말씀했던 민원이 들어왔다. 영세한 주민이 수술을 받기 위해 병원에 입원하려고 하는데 6인실이 없어 2인실에 입원해야 하여 경제적 부담이 많으니 6인실에 입원할 수 있도록 조치를 해 주십사 하는 민원이었다.

이것은 내가 처리해 드릴 수 있는 민원이 아니라 병원 업무라고 자매님에게 말씀드렸다. 현재는 6인 병실이 없어 그렇지만 자리가 나면 순서대로 6인실로 이동할 수 있으니 걱정하지 마시라고, 그리고는 나는 경기도에서 실시하고 있는 '위기가정 무한돌봄센터'에서 아주머니에게 도움을 줄 수 있는 것이 무엇 무엇인지 알아보았다.

기초생활보장 수급자나 법의 사각지대에 있는 사람들을 선별하여 지원해 주는 '위기가정 무한돌봄센터'. 아주머니의 상황은 자신은 암 투병 중이고, 남편은 실직상태로 병원비조차 없는 어려움에 처해 있었다.

'위기가정 무한돌봄센터' 센터장에게 전화를 걸었다. 그리고는 아주머니의 딱한 사연을 하나하나 전하며 도움을 줄 수 있는지 물어보았다. 그러자 센터장이 적극적으로 검토해 보고 지원해 줄 수 있으면 하겠다는 답변을 주었다.

법의 사각지대에 놓여 죽을 만큼 고생을 하던 아주머니가 센터의 지원을 받아 무사히 수술을 마치고 퇴원할 수 있게 되었다. 병원비가 650만 원이나 나왔지만, 센터의 지원금으로 부담을 많이 덜었다.

그렇게 건강을 되찾은 아주머니와는 10년이 지난 지금까지도 서로의 안부를 물으며 지내고 있다.

지나칠 수 없었던 이야기 2

남편이 실직 상태이며 부부가 모두 건강이 좋지 않은데 단지 아파트에 거주하고 있다는 이유만으로 기초생활보장 수급자에서 제외되는 사례가 참으로 많다. 괴안동에 사는 아주머니도 예외가 아니었다.

아주머니가 식당 허드렛일을 해 보지만 부부 약값도 되지 않았다. 그러자 부부가 하루에 열 번도 더 '이렇게 사느니 차라리 죽는 것이 낫다.'는 생각을 하고 있다는 것이었다.

나는 다시 '위기가정 무한돌봄센터' 문을 두드렸다. 그리고는 남편이 직장을 구할 때까지 6개월 동안 70만 원씩 지원받을 수 있는 '위기가정 무한돌봄센터' 제도가 진행되고 있다는 것을 아주머니에게 알려드렸다.

그리고 6개월이 지난 어느 여름날, 아주머니가 나를 찾아 왔다. 그리고는 "앞을 봐도 뒤를 봐도 캄캄절벽이었는데 도움을 받게 해 주어 정말이지 고마웠다."는 인사와 함께 봉투 하나를 내밀었다.

돈 5만 원이 봉투에 들어있었다. 어려운 형편이지만 고마움의 인사를 하고 싶었던 것 같았다.

―종이는 받지 않고 마음은 귀하게 받을게요.

내가 봉투를 돌려드리자 아주머니가 손사래를 치며 다시 내 손에 봉투를 쥐어 주었다.

―정 그렇다면 아주머니가 나중에 부자 되면 받을 테니 맡아 주세요.

하고는 아주머니를 돌려보냈다. 그랬더니 가시던 길을 다시 돌아온 아주머니가 커다란 수박 한 통을 내 손에 쥐어 주었다. 여름이면 더위를 식히느라 수박을 즐겨 먹었지만, 아주머니의 진심이 담긴 그때 그 수박 맛을 지금까지 잊을 수가 없다.

지나칠 수 없었던 이야기 3

인간수명 백세시대! 그것은 축복일 수도 있지만, 건강이 동반되지 못한다면 재앙일 수도 있다. 그러나 요즘 세태는 자식이 있고 없고 를 떠나 독거노인들이 많다. 나라의 보호를 받으며 자식들에게 효도 받아야 할 노인들이 좋지 못한 환경에 노출되어 있다.

괴안동 뉴타운 지역에 할머니 한 분이 살고 계셨다. 그런데 천장 에 구멍이 나버려서 비가 줄줄 새고 있었다. 비가 오는 날이면 양동 이에 밥솥까지 받쳐놓고 동동걸음쳤다. 노인 혼자 사시다 보니 수리 도 어렵고 또 돈이 드니 수리할 엄두를 못 내는 것 같았다.

우선, 비라도 새지 않도록 지붕을 고쳐야 했다. 하지만 부천시청 에서는 뉴타운개발 지역으로 묶여 있어서 보수할 수 없다는 것이었 다. 나는 무릎을 쳤다. 법이 사람보다 먼저란 말인가? 법이 만들어 진 것은 사람이 살아가는데 지켜야 할 표준이지만 예외가 없는 건 아니다. 그렇다면 법에 묶여 사람이 죽어가도 구경만 할 것인가.

부천시청에 다시 할머니 댁의 지붕을 조속한 시일 내로 보수해 달 라고 요청했다. 책상에서 따지지 말고 현장에 나와서 눈으로 보고 결정하라고 말했다. 그 후 괴안동 일대 지붕이 말끔히 정비됐다. 지 금도 그 주변을 지나가다 보면 지붕이 반짝이듯 아름다워 보인다.

이렇듯 사회적 약자 계층에 있는 사람들의 손과 발이 되어야 하 는 사람들이 바로 시의원이라고 나는 생각한다. 주민들의 이야기를 허술하게 듣지 않고 실천에 옮기는 움직이는 의원.

그러나 나는 자선 사업가가 아니다. 돈도 많지 않다. 그런데 이웃을 돕고 싶은 마음은 크다. 그래서 내가 결심한 것이 정치인이 되는 것이다. 내가 정치를 하지 않고서는 이웃을 돌아볼 힘이 없으므로, 올바른 정치인으로 작게는 이웃에게, 크게는 우리나라 대한민국에, 그리고 더 크게는 세계 인류역사에 보탬이 되는 사람으로 남고 싶다.

나의 뜻을 바르게 알지 못하는 지인들은 왜 하필이면 그 혼란한 정치 구렁텅이로 스스로 빠져 들어가느냐고 하지만 내가 가고자 하는 길은 구렁텅이가 아닌 천국으로 통하는 꽃피는 길을 만들고 싶은 게 강일원의 소망이다.

서로 돕고 아우르는 기쁨!⋯ 희망과 행복을 전해주는 전도사. 그것이 세상에서 가장 큰 기쁨이라는 것을 나는 알고 있기 때문이다.

| 내가 바라본 강일원 |

내가 그를 좋아하게 된 것은 아주 우연한 계기로부터 출발했다.

동네 사람들과 대화를 나누던 중 누군가가 강일원 의원의 말을 했는데 그는 아주 작은 단위의 모임도 소홀히 흘려버리지 않고 찾아다니며 민원을 듣는다는 것이다.

처음에는 나도 남들처럼 표를 의식한 가식적인 행동이리라 생각했던 것도 사실이다. 그러나 시간이 흐르면 흐를수록 일회성이 아닌 일관성으로 고집하는 모습을 보며 생각이 점점 바뀌어 갔다.

-내가 바라본 강일원(역곡 3동 주민 박창현)-

[출처] http://blog.naver.com/kiw9087/130070215435

새누리 강일원 "죽을 힘을 다해 일하겠다"

강일원 후보는 김문수 경기도지사가 소사에서 국회의원을 3선 하면서 발굴해낸 '인물'이다. 또 강일원 의원과 같이 선거운동을 하면서 다녀보니 강일원이 시의원 재임 시절 주민들이 제기했던 각종 민원을 해결해준 신뢰가 있어 반겨주는 사람이 참 많았다.

-前18대 국회의원 차명진(새누리당)-

[출처] http://blog.daum.net/miskye/4784379

강일원 후보는 부천시의회 의원으로 7년여 동안 의정활동과 경기개발연구원에서 선임연구위원으로 근무하면서 청년 일자리 늘리기를 위한 눈높이 맞춤형 정책추진, 복지와 삶의 질 개선·무한돌봄 복지체계의 확대, 뉴타운 사업의 출구전략 실시와 갈등관리 등 경기도 현안에 대하여 누구보다도 잘 알고 있다.

-前중앙대학교 행정대학원장 이용규-

[출처] http://blog.daum.net/miskye/4784379

04

부천시의회 의원으로 활동하여 얻은 열매들

화장장과 맞물린
폐기물 처리시설 추진 의혹 제기

사람은 언젠가 죽는다. 그러나 자신만은 한 백 년 살 것처럼 욕심을 부린다. 태어남과 동시에 죽음을 준비하는 것이 인생이라는 것을 잠시 잊고 사는 것이다. 지금 이 시각에도 누군가는 숨을 거두고 가족들은 슬픔에 젖어있다. 하지만 인구 100만 명이 도래할 부천시에는 시민들의 편의를 위한 장묘시설이 없다. 그러다 보니 갑자기 상을 당하면 어떤 지역에 있는 장묘시설을 이용해야 하려는 지부터 걱정해야 한다.

상을 당한 부천시민 대다수가 가까이는 인천과 영동고속도로를 타고 가는 원주, 경부고속도로를 이용하는 전주 등에 있는 장묘시설을 이용하게 되는데, 이곳에서는 타 지역 사람들이라는 이유로 지역 주민보다 10배 이상의 시설요금을 더 징수한다. 상을 당한 슬픔도

큰데 타 지역민이라는 이유로 차별을 받으며 몇 시간씩 줄을 서야 하는 것이 일쑤고 비용부담까지 떠안아야 하니 장례 치르는 설움이 겹겹이 쌓이는 셈이다.

　이러한 시민들의 설움을 덜어주기 위해 부천시가 원미구 춘의동 462일대 개발제한구역에 추모시설 건립 계획을 예정하고 있었다. 그러자 구로구의 주민들이 구로구와의 경계지역이라며 심하게 반발했다. 구로 구민들이 몰려들어 거리시위를 하고 홍건표 시장에게 격렬히 항의하였다.

　당연히 사업 진행에도 차질이 생겼다. 추모시설은 혐오시설이라는 생각이 지배적이다 보니 무조건적으로 거부반응이 일어나고 있었다. 그러나 과거에는 혐오시설로 인식되던 것들도 기술의 발달에 따라 현재의 시점에서는 혐오시설이 아닌 것으로 보아야 할 경우도 있다.

　부천시가 추진하는 추모공원은 바로 신기술이 접목된, 공원처럼 아름답고 쾌적한 공간 조성이었다. 선진외국의 예를 들어보면 추모공원이 공원화되어있는 곳이 많다. 캐나다의 항구도시인 밴쿠버만 해도 주민의 사랑을 받는 센트럴파크가 공원묘지와 근접해 있다. 묘지라는 개념이 아닌 자연의 일부로서 산 사람과 죽은 사람의 경계를 긋지 않는 것이다.

　그런데… 우리는 어떠한가? 서울시 구로구 구민들이 들고 일어섰고, 구청장은 폐기물처리시설을 구로구 항동 산50의 2일대 범박동 현대홈타운 아파트단지와 직선거리로 불과 300~400m의 부천시 소사구 인접 지역에 설치하겠다며 맞불을 놓았다.

추모시설이나 폐기물처리시설 등 혐오시설에 대한 집단이기주의가 정치와 맞물려 효율적인 정책의 추진이 발목 잡힌 것이다. 그러다 보니 더욱 황당한 정책이 양산되기도 하는 등 부작용이 많다.

부천시 추모공원 건립을 둘러싸고 발생한 구로구청과의 사건은 이러한 님비현상에 장단을 맞추는 정치가 주민이 절실히 필요로 하는 정책 추진을 어떻게 방해하는지 똑똑히 보여주었다.

혐오시설이 들어서면 주거 환경이 악화되고 땅값이 폭락할 것이라는 단순한 생각과 편견이 이러한 거부반응의 진원지라 할 수 있다. 이 경우에는 행정기구가 잘못된 편견을 바로잡아 더 나은 방향으로 나아가도록 해야 할 것이다. 그런데도 그를 부추겨 정책의 효율성을 저해하는 것은 제 역할을 하지 못하는 것으로 볼 수 있다.

내가 법학박사 시의원이니 할 수 있는 일이 무엇일까 생각하다 구로구청과 적극적으로 대응하는 것으로 판단했다. 폐기물시설촉진법 제9조 제7항에 의하면 지자체가 타 지자체의 경계지역으로부터 2km 이내에 폐기물 처리시설을 건립하기 위해서는 반드시 경계지역 지방자치단체의 장과 협의를 하게 되어 있다. 하지만 구로구청은 폐기물 처리시설 사업을 추진하고 있으면서도 쓰레기 분리수거 적환장으로 위장하여 부천시장과의 협의 절차를 회피하려 했다.

이는 실질적으로 인근 지역 주민의 주거환경에 심각한 영향을 줄 시설을 건립하면서도 법에 규정된 절차를 따르지 않으려는 편법에 불과하였다. 나로서는 이러한 엉뚱한 구실을 갖다 대어 '혐오시설 설치 대결장'을 만드는 행태는 가만히 두고 볼 수 없는 일이었다.

법과 원칙에 따른 부천시의 추모공원 건립의 부당함에 대해서 그토록 항의하면서 뒤로는 법과 원칙을 무시하며 쓰레기 분리수거 적환장이라는 구실을 내세워 폐기물 처리시설을 설치하려는 작태는 부천시민에 대한 기만이었다.

서둘러 범박동 현대아파트로 향했다. 예상대로 주민들은 분통을 터뜨리며 '부천시의 추모공원 건립에 훼방을 놓기 위한 얕은수 아니냐?'는 얘기들이 오고 갔다. 다들 구로구청 측의 이중적 행태에 분개하고 있었고 조속한 시일 내로 구로구청을 방문하여 정식항의하기로 했다.

추모공원 건립에 반대한다면 그 사업 자체의 부당성을 지적해야 한다. 나아가 행정을 책임지고 있는 지자체에서 앞장서서 관련법을 무시하며 여론을 선동해서도 안 되는 일이다. 그것은 법적으로는 물론 도덕적으로도 용인될 수 없는 일이라 생각하였다.

이튿날 구로구청을 방문하였다. 그리고는 구로구청 측에서 관련법에 어긋나는 행위를 하고 있음을 명확히 지적하고 폐기물처리시설의 설치를 백지화할 것을 요구했다.

두 지자체의 힘겨루기는 현재까지도 부천시 추모공원의 건립을 묶

어두고 있다. 지자체의 시장이 바뀌며 전임 시장이 추진하였던 정책들이 중단되었기 때문이다.

그 무엇이고 생명은 태어남과 동시에 죽음이 준비되어 있다. 절대로 피해 갈 수 없는 길! 아무리 잘난 사람도 아무리 못난 사람도 가는 길은 똑같다. 오늘도 부천시에는 고인을 떠나보내는 많은 사람이 있을 것이다. 이들이 고인의 화장을 위해 인천과 원주, 전주로 추모시설을 찾아 헤매고 있다. 어디에 있는 추모시설로 가야 줄을 오래 서지 않을 것인지에 대해 고민을 하고 있다.

행정은 주민 편의 때문에 고쳐지고 진행되어야 한다. 내가 아닌 우리가 모두 더욱 살기 좋은 세상! 그것이 바로 정치인들이 마음속에 깊이 새겨 두어야 할 덕목이 아닐까 생각한다.

화장장과 맞물린 폐기물 처리시설 추진 의혹 제기
강일원 범박·괴안동 시의원, "즉각 철회 촉구" 주장

그는 "구로구는 쓰레기분리수거 적환장 설치 장소이기 때문에 폐기물 처리시설과는 다르다고 할 수 있지만, 이는 폐기물관리법 제2조에 의한 폐기물의 정의를 간과하는 것"이라며 "구로구가 지난 2월 2일 공공용지 협의취득에 의한 등기는 폐기물처리시설을 위한 부지매입을 완료해 부천 시민을 기만한 것"이라고 지적했다.

[출처] http://egloos.zum.com/bucheon/v/2260421

범박고등학교에 급식소를 개설하다

2006년 할미산 동쪽, 부천시 소사구 범박동에 범박고등학교가 개교하였다. 412명의 입학생과 함께 인재 배출의 역사를 쓰기 시작한 것이다. 범박동 재개발사업과 소사 뉴타운이 추진되며 범박동 인구가 급속히 증가하자 기존에 있었던 시온고등학교와 소사고등학교만으로는 증가하는 학생들을 수용하기 어려웠다.

신설학교가 생기면 해당 지역 학부모와 학생들의 학교선택권이 그만큼 확대되어 좋고, 학교 교육에서도 더욱 긍정적인 효과가 있을 수 있어 좋다고 한다. 하지만 범박고등학교 학생들의 입에서는 불만의 소리가 먼저 터져 나왔다. 바로 급식문제 때문이었다.

군대를 다녀온 대한민국 남자들이라면 예외 없이 급식을 경험해 보았을 것이다. 급식을 먹을 때 민감한 사항 중 하나가 바로 순서라고 해도 과언이 아니다.

여름 땡볕에 고된 훈련을 받고 난 후 밥을 먹기 위해 줄줄이 대열을 맞춰 서 있는데 조교가 나타나 내가 소속한 소대가 아닌 옆 소대를 먼저 급식소에 입장시킬 때는 정말이지 속이 상했다. 이는 그만큼 사람들은 먹는 것에 대해 감정이 예민하게 움직인다는 증거일 것이다.

먼저 밥을 먹으면 허기를 빨리 달랠 수 있고, 또한 시간이 절약되니 내 시간으로 사용할 수 있다. 그리고 또 혹여나 맛있는 반찬이 내 배식시간에 다 떨어질 염려를 하지 않아도 되는 큰 장점이 있었다. 어쨌든 급식에서 줄을 오래도록 서서 기다려야 하는 것은 언제나 짜증과 불편을 동반하는 게 사실이다.

매년 학생들이 유입되는 범박고등학교에서 증가분의 예측 없이 급식소를 운영하고 있었다는 것이 문제였다. 공간은 좁은데 학생들이 많아지니 3교대로 점심을 먹는 지경까지 이르렀다.

급기야 이런 불편함이 짜증으로 발전하고 학생들 간에 새치기와 횡포가 발생했다. 불쾌한 기분으로 먹는 밥은 소화도 잘 안 된다. 공부에만 집중해도 모자라는 에너지를 급식에 분산한다.

급식으로 인해 학생들이 스트레스를 받고 서로 갈등을 일으킨다는 것이 분명 잘못된 일이었다. 학생들이 본분에 집중할 수 있도록 돕는 일이 우리 부천시가 해야 할 일이라 생각했다.

그러나 예산이 문제였다. 학생들이 불편함이 없도록 급식소를 이용하기 위해서는 3억이 넘는 돈이 필요했다. 시의원으로서 백방으로 노력해 보았지만 없는 예산을 새로 만들어 낸다는 것은 정말이지 어려웠다. 그렇다고 부천시의 미래를 짊어지고 나아갈 학생들을 나 몰라라 할 수는 더더욱 없었다. 무엇보다 우선되어야 할 문제가 범박고등학교 급식소 해결이라고 생각했다. 현재의 3억이 미래에 30억, 300억이 되어 돌아올 수 있는 것이 교육에 대한 투자이기 때문이다.

기부와 투자 등을 알아봤지만 뾰족한 해결책을 찾지 못하다가 용기를 내어 김문수 경기도지사님을 찾아갔다. 그리고는 교육에 대한 투자의 중요성과 이에 대한 지원은 지방자치단체의 우선적 의무라는 내 생각을 말씀드렸다. 그러자 김문수 도지사님도 나의 제안에 공감하시며 범박고등학교의 급식문제해결에 관심을 가져주셨다.

범박고등학교 급식소 확장예산으로 경기도의 시책추진보전금 3억 4천4백만 원이 지원되었다. 그러나 예산 확보뿐 아니라 그 이행에 필요한 절차를 신속하게 진행하는 것도 필요했다.

김문수 도지사님을 비롯하여 홍건표 시장님, 차명진 국회의원님, 황원회 도의원님에게 도움을 청하였다. 그렇게 빠른 행정 처리로 범박고등학교의 급식문제가 해결되었다.

관심을 둔다는 것은 사랑이다. 나의 노력으로 학생들이 스트레스 없이 즐겁게 식사할 수 있게 되었다고 생각하니 매우 보람이 있었다.

중학생들 사이에서 '급식 좋은 고등학교를 원한다면 범박고등학교로 가라!'는 인터넷 글을 볼 때면 나도 모르게 미소가 입가를 타고 있다.

05

부천대학교 금융정보학과 교수 강일원,
부천대학교 제2캠퍼스 조성에 앞장서다

2003년 부천시의회 의원 보궐선거 당선 후, 2005년 2월에 박사 학위를 받았다. 의회 의정활동을 하면서 중앙대 행정대학원 강의를 하고 있었는데 부천대학교 교수채용공고가 하이브레인 포털에 올라왔다.

부천대학교는 내가 의회로 가는 길에 있는 학교로 언제나 마음속으로 나의 일터가 되었으면 바랐던 학교였다. 멀고 먼 중앙대학교 대학원보다는 우리 지역 학생들과 정치와 경제를 토론해 보고 싶었다.

정규학교로는 초등학교 졸업장밖에 없지만, 고학으로 중앙대학교 법학박사까지 되었으니 시련을 딛고 일어선 나의 성실함과 불우한 환경에 좌절하지 않고 앞만 보고 달려온 나의 뚝심이 좋게 평가되길 바라며 이력서를 썼다. 석사 학위를 받자마자 대전우송정보대학에서 2년 6개월 강의를 했고, 현재도 중앙대학교 대학원에서 강의하고 있으니 경력은 인정받을 수 있겠지만 그래도 불안했다.

이력서를 내놓고 부천시의회 출근길에 부천대학교를 지나가려는데 나도 모르게 브레이크를 밟았다. 자동차를 주차장에 세워놓고 강의실 이곳저곳을 둘러보고 학생들 표정을 살펴보았다. 마치, 오월 신록처럼 빛나는 청춘들! 잘난 사람 못난 사람 없이 젊다는 것 하나만으로도 멋있다.

자판기에서 커피를 한 잔 빼 들고 벤치로 가 앉았다. 교수인 듯한 장년의 남자와 남녀 학생들이 이야기를 나누며 다정하게 걸어왔다. 나도 모르게 두 손을 모으고 '이 학교에서 강의하고 싶습니다.' 간절한 마음을 담아 기도를 올렸다. 내가 알고 있는 부천대학교 교수채용 절차가 인맥이 통하지 않는 인재 위주였기 때문에 은근히 기대를 걸었다.

며칠 뒤 희소식이 전해졌다. 정말이지 아무도 보지 않는 곳으로 가서 '강일원이 부천대학교 교수가 됐다아~' 어린아이처럼 고래고래 소리라도 지르고 싶었다. 후문으로 나의 합격 이유를 들어보니 부천대학교 한방교 총장님이 내 이력서를 보시고는 역경을 성공으로 승화시킨 강일원 선생이야말로 우리 부천대학교에서 모셔야 할 분이라며 이력서를 보자마자 바로 합격시켰다고 했다.

그렇게 2007년 3월부터 부천대학교 금융정보학과 교수로 강의를 시작했다. 참으로 다행인 것은 부천시의회 의원을 병행하며 일을 할 수 있다는 것이다.

80명 학생이 눈을 반짝반짝 굴리며 나를 쳐다보았다. 학생들을 만나니 나도 힘이 났다. 그런데 저만치 나이가 좀 들어 보이는 학생들이 몇 명 있었다. 알고 보니 부동산 공인중개사를 하는 김곤형 씨였다.

공부할 시기를 놓쳐 망설이다가 나의 이력서를 보고는 힘을 얻었다고 했다. 나이가 나보다 연상인데도 열정이 대단했다. 그렇게 열정적으로 공부한 곤형 씨가 부천대학교에서 또 다른 학생들을 위해 강사 활동을 하고 있다.

곤형 씨 외에도 내가 아끼는 제자들은 엄청나게 많다. 한상일, 이상호, 최충원 등 제자들이 나의 정치발전에 큰 힘이 되어 주었다.

받는 것만큼 주는 것이라고 했던가? 나 역시 제자들에게 최선을 다했다. 취업을 원하는 제자에게 취업상담을 해 주며 진로 결정에 도움을 주었다. 내가 변호사 사무실 사무장 출신이다 보니 문과를 졸업한 제자들을 위해 변호사 사무실에 추천서를 직접 작성해 보냈다.

그러자 취업을 하고 난 후 제자들의 결혼식이 이어졌다. 오십 대 중반의 나이지만 주례를 스무 번도 넘게 서 보았다.

내가 부천대학교에 부임하여 가장 보람 있었던 일은 부천대학교 제2캠퍼스를 조성하는데 일부분 참여했다는 것이다.

2009년도 부천시의회 의회에서 부천대학교 측에 보고되면 깜짝 놀랄 일을 내가 먼저 알게 되었다. 그것은 바로 서울시 구로구 경인로에 자리한 동양미래대학교에서 부천시 소사구 계수동에 제2캠퍼스를 조성하려는 계획이 있다는 것이었다. 부천시 부지에 그것도 부천대학교와 경쟁대학에서 제2캠퍼스를 건립한다면 부천대학교가 받는 타격이 클 것이라는 생각이 들었다.

계수동으로 달려가 주민들을 만나 자초지종을 알아보니 동양미래대학교에서 제2캠퍼스를 조성하기로 계획은 세웠지만, 말만 무성할 뿐 이렇다 하게 결정된 것은 없다는 것을 알았다. 아마도 부지매입과 관련하여 서로의 입장 차가 커 밀고 당기기를 하는 것 같았다.

천우신조라고 생각하고 부천대학교를 통해 총장님께 사실을 알려드렸다. 그러자 총장님이 바로 보직 교수들을 불러 제2캠퍼스 조성에 관한 논의에 들어갔다.

그리고는 총장님이 직접 나서서 계수동 부지를 다녀오신 후 부지가 맘에 들어 잠을 이루지 못하셨는데 다행히도 동양미래대학교 측과 지주 간에 타협되지 않았다. 그러자 부천대학교의 미래를 위해 망설임 없이 지주를 만난 총장님이 사비로 가계약을 했고, 부천대학교 제2캠퍼스 조성 안이 일사천리로 진행되었다.

지역민들에게 불모지였던 땅이 꿈을 향해 달리는 학생들의 상아탑이 되었고, 지역민들에게는 사계절 각기 다른 모습을 보여주는 공원으로써 평화로운 쉼터를 제공하게 될 것이다. 그것이 내가 7년 동안 몸담았던 부천대학교 교수로서 진행했던 일 중 가장 보람찬 일이었다.

06

나의 첫 번째
경기도의회 의원 도전기

    한나라당 황원희 경기도의원이 부천시장에 출마한다는 소식을 듣고, 도의원 자리에 내가 도전해보기로 했다. 시의원을 하면서 나의 정치 활동을 지켜본 아내는 경기도의원 도전을 열심히 응원해 주었다.

    그렇게 출마할 마음의 준비를 하는 데 갑자기 황원희 도의원이 시장 출마를 안 하고 다시 도의원 출마를 한다는 소식이 들려왔다. 황당하기도 했지만, 나의 판단이 부족했다는 생각이 들었다.

    그러나 이미 엎질러진 물이었다. 그분 성정을 잘 알고 있으면서도 경솔하게 판단하고 설쳤으니 이 모든 것이 내 탓이었다.

    주위 사람들이 부천시의회 의원으로 다시 출마해 보는 것이 어떻겠냐고 했지만, 그 모습은 정치 선배인 내가 후배들에게 보여서는 안 될 것 같았다. '기왕 칼을 뺏으니 무라도 잘라보자.'라는 심정으로 너무도 무모하게 황원희 도의원과 경선을 치르기로 했다.

나는 부천시 의원 시절, 계수동에 부천대학교 제2캠퍼스를 유치했다. 부지는 급경사로 접근이 쉽지 못해 쓸모없는 땅으로 버려진 것이나 마찬가지였다. 그런 땅에 학교가 건립되면 지역민들의 경제활동에도 도움이 되고, 캠퍼스를 공원으로 이용할 수 있으니 일석이조일 것으로 생각했다.

그런데 나의 장점으로 생각하고 홍보했던 부천대학교 제2캠퍼스 유치성과가 그만 계수동의 일부 주민들을 곤경에 빠뜨리는 결과로 흘러갔다. 계수동에 거주하는 한나라당 책임당원 중 몇몇 사람들이 무궁화 나무를 심고 산주에게 그 나무에 대한 권리를 행사하려고 했는데 법적으로 인정되지 않는 권리라 하여 보상을 받지 못해 막대한 손해를 입게 되었다는 것이었다.

그것이 바로 부천대학교 제2캠퍼스를 유치한 나로 인한 피해라며 대의원 7명이 나를 외면했다. 시스템 자체가 책임당원들이 도의원 후보자를 결정하는 것으로 제정되다 보니 책임당원들의 기세가 등등했다. 그런데 나는 그 사실조차 새까맣게 모르고 도의원에 출사표를 던졌으니 기가 막혔다.

경선 하루 전에 마지막 크로스체크를 해 보았다. 책임당원들끼리 제2캠퍼스 유치 건에 대한 비판과 옹호의 소리로 시끄러웠다. 벌써 공정률이 80%에 육박하고 있어 곧 완공될 부천대학교 제2캠퍼스를 눈으로 보면서도 '제2캠퍼스가 제대로 돌아가는지 한번 보자!'고 나쁘게 말을 했다.

　아침 9시에 투표를 시작하자 계수동 대의원 5명이 한꺼번에 들어왔다. 대의원들과 눈이 마주친 순간, 나의 패배를 직감했다. 그렇게 어지럽게 치러진 경선에서 결국 나는 2표 차이로 낙방하고 말았다.
　내 선택의 불찰로 즐겁고 신나게 일하던 부천시의회 의원이 사표 처리되고, 일주일에 9시간뿐인 부천대학교 강의에만 혼신의 힘을 쏟아 부었다. 그러던 어느 날, 도의원 도전 패배로 의기소침해 있는 나를 김문수 경기도지사님이 불렀다. 그래서 김문수 경기도지사님의 재선캠프에 합류하여 법률지원단장으로 죽을힘을 다했고, 김문수 도지사님께서는 재당선되었다.

　지사님을 만나 뵙자 경기개발연구원에서 선임연구위원으로 일해 보는 것이 어떠냐고 물으셨다. 두말할 필요 없이 "감사합니다."로 답변을 드렸다. 그러자 바로 발령이 났다.
　광역단체의 씽크탱크 역할로 경기개발연구원을 두고 있었다. 박사들이 중심으로 운영되는 경기개발연구원은 경기도 도정에 대한 정책을 만들어 내는 곳이었는데 내가 생산해 낸 정책이 박수를 받아 새롭게 보람을 느꼈다.

• 경기개발연구원에서 연구했던 정책도입안이다.

[경기도 내 중소기업을 위한 기술자료 임치제도 도입방안]

　전국 지역별 기업규모별 사업체 수 가운데 경기도 내 중소기업이 차지하는 비율은 약 19.3%인 582,000개의 업체가 소재하고 있음.

　대기업은 대중소기업 간 납품거래 과정에서 우월적 지위를 이용하여 중소기업의 핵심기술을 요구하는 행위가 빈번하게 발생하고 있음. 이러한 대기업 등 원청업체가 우월적 지위를 이용해 중소기업에 기술자료를 제출할 것을 요구하면서 부당하게 핵심기술과 영업비밀이 유출되는 것을 막는 조치가 필요함.

　이에 대하여 정부(지식경제부 중소기업청)는 중소기업 핵심기술 보호 및 대중소기업 간 동반성장을 위해 기술자료 임치제도를 도입 운영하게 되었음.

　기술자료 임치제도(technology escrow)는 미국, 캐나다, 유럽 등 기술선진국에서 1980년대 초에 도입되어 IT산업이 활성화된 1990년대 중반에 이르러 그 이용문화가 정착되었음.

　기술의 안정적 사용을 보장하기 위해 도입된 이 제도는 2007년에 이르러 수위탁 거래에서 대기업의 중소기업 기술에 대한 탈취 관행을 금지하고 중소기업의 핵심기술을 보호하기 위한 목적으로 대중소기업상생촉진에 관한 법률(이하 "상생법"이라 함)이 도입되었음(동법 제24조의 2).

　위 "상생법"에 의한 기술자료 임치제도는 중소기업이 핵심기술 자료 등을 신뢰성 있는 제3의 기관(대중소기업협력재단)에 보관해 두고, 중소기업의 폐업 파산, 기술멸실, 개발사실 입증 등이 발생하는 경우 임치물을 활용하는 제도로써 중소기업의 기술보호 및 동반성장을 도모할 수 있음.

따라서 기술자료 임치제도는 중소기업뿐만 아니라 대기업에도 유용한 제도로써 기술의 안정적인 사용을 보장할 뿐만 아니라 기업이 보유하고 있는 영업비밀 등 지적 재산권을 보호하는 제도로 활용될 수 있음. 그러나 아직 이 제도에 대한 인식 부족으로 활성화가 잘 안 되고 있음.

경기도는 도내 중소기업을 육성하고, 기업의 핵심기술과 영업 비밀을 보호하기 위한 기술자료 임치제도를 전국 최초로 대중소기업협력재단과 협약을 체결하여 도내 기업이 이를 이용할 수 있도록 적극적으로 도입 운영하고, 도내 기업을 대상으로 체계적 지원을 추진할 필요가 있음.

07

나의 두 번째 경기도의회 도전과
김문수 도지사님 대선 경선 캠프

2012년 총선과 함께 치러지는 경기도의회 의원 보궐선거에 출마했다. 선거를 성공적으로 잘 치르기 위해 다니고 있던 경기개발연구원에도 사표를 냈다. 그런데 2008년 새누리당 황원희 의원을 물리치고 당선되었던 민주당의 강백수 의원이 새정치민주연합 김상희 의원과 국회의원 경선을 한다며 도의원을 사직한 것이다.

하지만 19대 국회의원 후보로 새정치민주연합의 공천을 받은 사람은 김상희 현직의원이었고 그의 보좌관이었던 김종석이 도의원 후보로 결정되었다.

그리고 우리 새누리당에서는 지구당의원인 차명진 국회의원 후보와 내가 도의원 후보로 새정치민주연합과 경합을 벌이게 되었다. 국회의원 후보와 도의원 후보가 한 세트로 움직이게 된 것이다.

새누리당 국회의원 후보인 차명진 후보와 함께 '죽을힘을 다하겠습니다'라는 캐치프레이즈를 내 걸고 열심히 선거운동을 하며 소사구를 돌아다녔다. 그러다가 역곡역에서 유권자들을 만나 인사를 나누는데 진한 패배감이 밀려들었다.

내 손을 잡는 사람들 대다수가 차명진 후보는 국회의원이 못 되더라도 강일원 후보는 도의원이 되어야 하는데… 하는 말과 함께 안타깝다는 시선으로 나를 쳐다보는 것이었다. 기분이 야릇했다.

걱정하는 나에게 지인이 다가와 '차명진 후보가 시민들에게 인식이 그리 좋지 않은 건 사실.'이며 여론 또한 '강일원 도의원 후보는 확실히 찍겠으나 차명진 국회의원 후보는 아직 결정하지 못했다.'는 것이 지배적이라고 알려주었다. 그러나 차후 승패가 어떻게 되든 내 힘으로 바꿀 수 있는 건 아무것도 없었다.

이것도 내 운명이려니… 내가 부덕한 까닭이거니 생각하고 나의 하느님 아버지께 '저를 소용되는 곳에 써 주십사.' 기도를 올렸다.

개표가 시작되자 국회의원과 도의원이 세트로 같이 들어가기 시작했다. 그런데 가끔 내 이름만 적힌 투표용지가 들어왔다. 알고 보니 차명진 국회의원 후보는 배제되고 김상희 후보와 나를 찍은 표였다. 그러다 보니 차명진 후보는 6,994표 차이로 낙선하고 나는 220표 차이로 낙선의 고배를 마셨다.

220표 차이로 낙선했다는 게 무척 안타까웠다. 두 번이나 패배하고 나니 기운도 빠졌다. 그러자 주민들이 힘내라는 메시지를 보내왔고 나도 다시 힘을 얻었다. 낙선은 했지만 나를 지지해 주는 시민들의 넘치는 대우가 감사했고 그런 시민들이 곁에 있어 행복했다.

4/19 10:54 문현숙	네 정말 아쉬운 마음뿐이네요.
010-0000-2027	소사를 위해 수고 많으셨습니다.
현대3단지 구선회	4년 후 재도전의 기회, 분발하시기를 바랍니다.
4/19 10:13 문윤희	힘내세요^^ 우리가 있잖아요~~
4/19 10:12 박광석	참 아쉽네요. 정말 수고 노고에 할 말이 없네요!
4/19 민 베르나르도	이제는 될 사람으로 바뀌어야 하는데…
4/19 송국섭	길이 막히면 돌아서 목표점으로 갈 수 있습니다.
4/19 변옥화 제자	4년 후의 새로운 도전을 위하여!
4/19 서영석 도의원	때는 또 올 것입니다.
4/19 백 펠릭스	재충전으로 더 큰 인물 되시길…
박훈희 운영의원	잠시 도약의 시간을 갖는 것이라 믿겠습니다.
박영배 올림	사랑합니다! 교수님
강성환 시몬	우리는 당신을 믿습니다
김은미 점장	의원님의 역량과 능력… 도약을 위한 쉼표입니다
김만철 올림	열정, 역동, 성실, 더 큰 정치를 기원합니다
조정남	언제나 당신 옆에 있을게요.
이영숙 자매	변함없는 응원과 박수를 기억해 주세요.
유병연 바오로회	더 큰 도약의 계기가 되리라 믿습니다
박상진	더 높은 고지로 오르시라는 소사구민의 뜻입니다
김보곤 사목회	훌륭한 정치인임을 많은 사람이 인정하고 있으니 다음엔 꼭 성공할 거야!!

가방을 어깨에 들쳐 메고 부천시의회 의정을 보랴, 학교에서 강의하랴, 지역구 주민들을 만나랴 바쁘게 돌아친 8년간의 부천시의회 의원 시절이 꿈 같이 지나갔다. 그땐 정말 힘든 줄을 몰랐다.

그러나 경기도의원에 낙선하고부터 나의 생활은 참으로 무료하고 답답했다. 학교강의는 일주일에 9시간이 고작이었는데 아침잠이 없어 새벽 5시에 눈이 떠졌다. 정말 무언가를 놓쳐버린 듯… 잃어버린 듯 금단 현상까지 느껴졌다.

그렇게 나날이 무료함에 지쳐있던 어느 날, 이너서클에 있는 최우영에게서 전화가 왔다. 새누리당 대선 후보로 경선을 치르게 된 김문수 도지사님을 돕자는 얘기였다. 김문수 도지사님을 돕는 일이라면 망설일 필요가 없었다.

도지사님의 개인적 씽크탱크의 사단법인인 '국가비전연구원'을 3개월에 거쳐 만들었다. 행정자치부의 승인이 필요한데, 감독 관리하는 일이 어려워서 그러는지 승인을 미루고 미루다 두 달여 만에 승인해 주었다. 2012년도 7월부터 3개월 동안 국가비전연구위원으로 열심히 일했다.

그런 어느 날, 여의도에서 김문수 도지사님 대선 경선 캠프 중요 직책을 맡은 모 의원님을 만났는데 의원님이 나의 근황을 물었다. 국가비전연구원과 내가 맡은 직함을 말했다. 그러자 모 의원님이 정색하더니,

—어디든 나의 허락 없이 참여하는 것은 인정할 수 없어!

하며 불같이 화를 냈다. 내가 왜 의원님의 지시 하에 움직여야 하는지 알 수 없었지만, 분위기가 하도 냉랭하여 묻지 못했다. 그런데….

나의 사무실에 도착하니 직원들도 없어지고 집기들도 모조리 사라졌다. 순간, '내가 낙동강 오리알이 되었구나.' 하는 것을 실감했다. 그 길로 여의도에 있는 모 의원님을 찾아갔다. 그리고는 김문수 도지사님 대선 경선 캠프에서 내가 할 역할이 무엇인지 가르쳐 달라고 했다. 그러자,

─그걸 왜 내가 말해줘야 하나? 나와 정치적 동지입니까? 아니면 나하고 피가 섞인 형제입니까?

라고 쏘아붙였다. 그러면서 이후 진행되는 일은 자신에게 묻지 말고 내가 잘 알아서 하라는 것이었다.

그만, 어렸을 적 내 불뚝 성격이 나올 것 같아 이를 앙다물고 참았다. 그리고는 웃으며 모 의원님의 어깨를 주물러 주었다.

─의원님만 믿고 지내왔는데 의원님이 이러시면 어찌합니까.

그러나 아예 나를 상대도 하지 않았다.

낯설고 서먹한 분위기가 쇳덩이처럼 무겁게 이어졌다. 더 이상은 어떤 액션도 취하고 싶지 않았다. '내 잘못이 무엇일까.' 아무리 생각해 봐도 잘못된 것은 없는 것 같았다. 겉으로는 허허실실 웃었지만, 속이 타들어 갔다.

중요 직책을 맡은 모 의원님 눈엣가시가 되어보니 캠프에서의 내

존재는 없었다. 그냥 캠프에서 겉돌며 말할 수 없는 마음의 상처를 받았지만, 김문수 도지사님을 위한 일이니 견뎌야 했다. 철저한 왕따로 투명인간처럼 지내면서도 내가 캠프를 떠날 수 없었던 것은 나의 정치 주군인 김문수 도지사님의 일이기 때문이었다는 것을 다시 한 번 말하고 싶다.

08

열정을 쏟다

2012년 8월 김문수 경기도지사님이 새누리당 대선 경선에 낙선하자 캠프도 해체되었다. 이 생각 저 생각으로 머리가 무척 복잡했다. 그런데 새누리당과 민주통합당, 통합진보당의 조짐을 가만히 분석해보니 좌파가 너무 부각되어 설치고 있는 것 같았다.

만약에 좌파가 정권을 잡게 된다면 우리나라가 불안하게 될까 두려운 마음이 생겼다. 그리고 더 걱정되는 건 우리나라가 중진국에서 선진국으로 진입하느냐 마느냐 하는 중요시점에서 그 시기가 늦어지면 어쩌나 염려도 되었다.

우리나라 대한민국은 자발적 광복을 이루지 못했다. 미국이 일본의 히로시마에 원자폭탄을 투하하여 강대국에 의해 광복이 되었다. 그러했음에도 국민들은 일치하지 못하고 좌·우 이념 논쟁이 심각했었다. 다행인 것은 이승만 대통령이 자유민주주의 이념을 내세웠고 남한에서만이라도 뜻이 일치되어 자리를 굳건히 지킬 수 있었다고 생각한다.

좌·우 이념 갈등이 극도로 악화되어 동족상잔의 비극인 1950년 한국전쟁이 터졌고, 잿더미로 변한 땅에서 굶주린 배를 움켜쥐고 잘살아 보자고 외쳤다. 배부르고 등 따뜻한 사람들보다는 먹지 못해 얼굴이 누렇게 뜨고 퉁퉁 부은 사람들이 더 많았다. 다시 일어설 수 있을 것이라는 희망이 보이지 않았던 것이었다.

그러나 대한민국 제5대 박정희 대통령께서 도입한 새마을 운동이 우리나라의 경제를 반석 위에 올려놓았고 세계 경제 대국으로 발돋움하는데 초석이 되었다. 그때, 박정희 대통령 곁에는 두 여인이 계셨는데 그분 중 한 분이 박근혜 새누리당 대통령 후보님이었다.

아버지인 박정희 대통령과 13대의 차이를 두고 대한민국 제18대 새누리당 대통령 후보로 선거운동을 시작하는 박근혜 대통령 후보님. 나의 주군인 김문수 경기도지사님이 경선에서 패배하자 나의 마음은 박근혜 후보님 캠프에서 열심히 일해보고 싶었다.

일단은, 나의 주군인 김문수 경기도지사님께 내 의중을 말씀드렸다. 그러자 크게 웃으시며 대찬성이니 가서 열심히 박근혜 대통령 후보님을 도와드리라며 응원해 주셨다.

어떤 일을 결정하기까지는 여러 가지 계기가 있겠지만 나는 박근혜 후보님이 정말 믿음직스럽고 좋았다. 어머님인 육영수 여사님께서 그러하셨듯이 어머니 같은 마음으로 국민들을 어루만지고, 박정희 대통령님처럼 냉철한 판단력으로 모든 일을 일관성 있게 끌어주실 것 같았다. 거기에다 한 가지를 더한다면 나의 절친 이정현 의원이 혼신의 힘을 쏟아 붓고 있는 캠프에서 작으나마 도움이 되고 싶었다.

그렇지만 내가 캠프로 들어가기를 원한다고 하여 무작정 캠프로 들어갈 수는 없었다. 김문수 도지사님 캠프에 있던 내가 정현을 만나 내 뜻을 이야기하기도 겸연쩍었다. 차일피일 미루다가 18대 국회의원을 지내고 2011년에는 한나라당 비상대책위원회 위원으로 지내며 정현을 통해 친분이 있는 김선동 의원을 찾아갔다.

김선동 의원이 나를 보자마자 전화기부터 찾았다. 그리고는 어딘가로 전화를 걸었다. 정현과 내가 절친이라는 것을 알고 있는 김선동 의원이 정현을 부르는 것 같았다.

정현이 달려와 내 손을 잡았다.

―잘했다, 일원아!

그러잖아도 같이 고생하고 싶었는데 내가 김문수 도지사님 캠프로 가서 말을 꺼내지 못했다며 반가워했다. 정현을 도와야 하겠다는 생각이 강하게 들었다. 내가 어려웠을 때 나에게 가장 큰 힘이 되어주었던 친구를 위해 열정을 쏟아 붓고 싶었다.

나에게 주어진 업무는 제3의 종교 지도자들을 만나 박근혜 대통령 후보님의 지지도를 끌어내는 것이었다. 천주교 신자로서 하느님 아버지께 도와주십사 하는 기도를 올렸다.

천주교와 불교, 기독교의 3대 종교는 지도자가 아무리 지휘를 해도 신도들이 일사천리로 따르지 않지만 제3의 종교는 조금 달랐다. 그러나 제3의 종교를 캠프로 연결하기 위해 소문나지 않도록 긴밀함을 유지하며 박근혜 후보님을 지지하도록 설득하는 일이 참으로 어려웠다.

각기 단체의 지도자이다 보니 모두 개성이 무척 강하고 자신의 종교에 대한 긍지도 엄청났다. 지도자들을 만남에 있어 행동거지에 특별히 조심했다.

먼저 부천시의회 의원으로 재직 당시 친분을 쌓은 신앙촌 관장님을 방문했다. 신앙촌은 소사와 부산에 자리 잡고 있지만, 원조가 되는 곳은 소사였다. '박근혜 후보님을 반드시 찍어 달라!'고 매달리는 것이 아니라 이야기를 듣고, 그 이야기 속에서 자연스럽게 박근혜 후보님의 지지 선언을 끌어낸다는 것이 나의 전략이었다.

나를 보자 관장님이 반가워하시며 옛날이야기를 꺼냈다. 관장님 말씀을 빌리자면 신앙촌이 종교단체이니만치 품질에도 진정성을 우선했다고 했다. 우리나라에서 처음으로 생산된 신앙촌의 밍크 이불은 박정희 대통령님과 영부인님께서도 품질을 인정해 주셨다고 하며 박정희 대통령님과의 인연을 이야기하셨다. 성공이었다.

신앙촌 다음으로 내가 심혈을 기울인 단체는 만신이었다. 기독교에서는 만신을 마귀로 보지만 내 생각은 다르다. 과거 우리 조상들이 가장 가까이, 마치 종교처럼 곁에 두었던 것이 바로 만신들이었기 때문이다. 집안에 우환이 있어도 만신을 불러 푸닥거리를 했고, 좋은 일을 기원하는데도 만신을 불러 안택굿을 했다. 그래서 나는 만신을 바라보는 시선의 각도를 돌려 샤머니즘적인 문화예술가라고 생각했다.

하지만 만신 지도자가 누구이며 어떻게 만날 것인가에 부딪혔다. 그때 마침 중앙대학교 음악대학원장이 무속인 CEO학과를 개설했다는 정보를 입수하고 중앙대학교로 달려갔다. 나의 모교이다 보니 고향인 듯 푸근했다.

단체 지도자를 만나자마자 MB 정부에 질렸다면서 핏대부터 세웠다. 전통문화의 근간이 되는 굿당을 선별하지 않고 철거해버렸다는 것이다. 타 종교인들이 만신이라면 덮어놓고 나쁜 쪽으로만 보는 경향도 만신을 무시하는 데서 나온 결과라고 하며 만신이 혼을 실어서 하는 굿을 우리의 문화로 가져가야 한다고 주장했다. 우리나라의 문화유산을 보려고 모여드는 외국 관광객에게 굿과 장례문화를 함께 엮어 관광 상품으로 개발하면 무형의 자산이 될 수 있다는 조언도 해 주었다.

나쁜 기억을 가진 단체 지도자들을 박근혜 대통령 후보님의 지지 단체로 설득을 시키는 과정은 정말이지 어렵고 힘들었다.

　나의 종교가 대단하면 남의 종교도 대단하게 대우해야 한다. 타 종교를 인정하려 하지 않는 데서 불협화음이 시작된다. 남이 뭐라던 내 생각은 만신들이야말로 우리나라 전통문화예술인이라 생각한다고 말했다. 그러자 나의 진심이 통했는지 만신 단체에서도 박근혜 대통령 후보님을 지지 선언하였다.

　그 외에도 내비게이션에도 잡히지 않는 강원도 양구군의 대암산 산속까지 달려가 심마니단체장인 박만구 회장님을 만났고, 경기도 북부 권역 12개 시 발전협의회와 노량진 공무원 수험준비생, 자동차 재활용조합 등… 헤아릴 수 없이 많은 사람을 만나 새누리당 박근혜 대통령 후보님의 지지를 호소했다.

　내가 교섭한 단체에서 박근혜 대통령 후보님을 지지하는 선언이 이어졌다. 열심히 활동한 결과가 하나둘씩 보이기 시작한 것이다. 우연히 마주친 김선동 의원이 내 손을 잡았다가 놓으며 엄지손가락을 세웠다. 첫째도 둘째도 나를 캠프로 나를 추천한 김선동 의원과 내 친구 정현에게 누를 끼쳐서는 안 된다는 생각으로 열심히 뛰고 또 뛰었다.

　새벽부터 밤중까지… 몸은 천근만근 힘들었지만, 박근혜 대통령 후보님을 지지한다는 선언을 받아냈을 때의 희열은 그 무엇과도 비교할 수 없이 기뻤다.

2012년 내 삶의 고군분투! 치열했던 95일간의 보고서를 매일매일 작성하며 내가 간절하게 바라는 새누리당 박근혜 대통령 후보님이 대통령에 당선되시길 빌고 또 빌었다.

09

청와대 정무수석실 행정관

강일원

2012년 12월 18일 밤. 아내와 함께 성모님 앞에 무릎을 꿇고 앉았다. 그리고는 30여 분 동안 아무 말도 하지 않았다. 우리나라에 꼭 필요한 인물이 누구라는 것을 성모 어머니께서는 알고 계실 것 같았다. 1시간이 채 안 되어 성호를 긋고 일어서며 '반드시 당선의 선물을 주시옵소서!' 중얼거렸다. 그런데 옆에 있던 아내도 나와 똑같은 말을 하고 있었다. 성모 어머니께서 반드시 박근혜 대통령 후보님에게 당선의 선물을 주실 것 같았다.

12월 19일. 아침을 일찍 먹고 부천시 소사구 괴안동 삼익아파트 3차 경로당 투표소로 투표하러 갔다. 이른 시간이라 그런지 사람들이 많지 않았다. 떨리는 마음을 누르며 아내와 함께 투표용지를 받아 투표하고 돌아오는 길에 성당엘 들렀다.

몇몇 교우들이 모여앉아 담소를 나누고 있었다. 뜻을 같이하던 교우들과 함께 이런저런 이야기를 나누는데 모두 문재인 후보님과 박근혜 후보님이 박빙일 것 같다며 마음을 놓지 못하고 있었다. 애써 누르고 있던 불안감이 꼬리를 물고 일어났다. 가만히 앉아있을 수가 없었다.

날씨는 추웠지만, 마음만은 용광로처럼 뜨거웠다. 두세 명만 모여 이야기를 나누어도 그 내용이 궁금했다. 볼 일이 전혀 없는데도 자리를 차지하고 여론을 들어보았다. 그러나… 갑론을박! 그저 자기주장을 강하게 말하고 있었다.

몸은 집으로 들어가 좀 쉬라는 신호를 자꾸 보내왔지만 그럴 수가 없었다. 마음 같아서는 지나가는 사람들을 붙잡고 누구를 찍었느냐 물어보고 싶었지만 차마 하지 못했다.

출구조사 발표시간까지… 그야말로 1초가 여삼추였다. 그런데…!

KBS와 MBC, SBS 방송 3사 공동 출구조사 결과 박근혜 후보님 50.1%, 문재인 후보님 48.9%로 오차 범위 내 박근혜 후보님이 우세로 나왔다.

그런데 종편 JTBC 예측조사는 박근혜 후보님 49.6%와 문재인 후보님 49.4%의 격차 0.2%로 두 후보 간의 격차가 더 좁았다. 출구조사 결과를 보니 더더욱 조바심이 이는데… YTN이 예측한 조사에서는 박근혜 후보님이 46.1~49.9%, 문재인 후보님이 49.7~ 53.5%로 문재인 후보님이 당선하는 것으로 예측하였다.

세상에, 어떻게 이럴 수가 있단 말인가. 그동안 여론조사에서는 박근혜 후보님이 우세였는데 투표 당일 출구조사에서 이렇게 달라질 수도 있을까. 입안에 쓴 물이 고여 들며 머리가 복잡해졌다. YTN이 예측한 출구조사를 믿고 싶지 않았지만 믿을 수도 믿지 않을 수도 없었다.

저녁 식사도 거른 채 개표실황 텔레비전 화면에서 눈을 뗄 수 없었다. 마치, 아이들의 숫자놀이 계기판처럼 또르륵 또르륵 숫자가 바뀔 때마다 가슴이 쿵쿵 내려앉았다 올라붙었다. 제발, YTN의 예측이 비켜가기를 빌고 또 빌었다.

18대 대선의 전국 평균 투표율은 75.8%로 집계되었다. 총선거인 수 40,507,842명 중 30,721,459명이 투표권을 행사한 것이다. 그런데….

문재인 후보보다 100만 표 이상을 앞서 달리는 박근혜 후보님이 당선을 예고하고 있었다. 그리고 12월 19일 밤 9시 36분 사실상 박근혜 후보님의 당선이 확실시되고 있었다.

박근혜 후보님이 대선 역사상 처음으로 1,500만 표 이상의 지지를 얻었고 최초의 부녀 대통령, 최초의 여성 대통령이라는 진기록을 세우는 순간이었다. 새누리당 박근혜 후보님이 총득표 수 15,773,128표 득표율 51.55%로 민주통합당의 문재인 후보를 누르고 압승한 것이다. 새누리당! 박근혜 대통령 당선자님의 멋진 승리였다.

나도 모르게 벌떡 일어서서 거실을 빙빙 돌며 손바닥이 얼얼하도록 박수를 쳤다. 아내와 두 아들이 언제 준비했는지 케이크에 촛불을 붙이며 박수를 쳤다. 마음이 둥둥 하늘을 나는 것 같았다.

그리고는 텔레비전 화면을 보니 박근혜 대통령 당선자님의 자택인 신당동 집이 보였다.

반세기도 넘는 세월의 뒤안길. 신당동 집은 1963년 박정희 대통령님과 육영수 여사님과 가족이 함께 청와대로 들어가시기 전 당선자님 유년의 추억이 고스란히 남아있는 보금자리이다. 가족이 둘러앉아 오순도순 이야기꽃을 피웠던 행복했던 시절이 잠들어 있는 곳이었다.

그러나 1979년 박정희 대통령님의 서거와 함께 정권이 교체되며 사실상 감금상태에 놓이기도 했던 박근혜 대통령 당선자님. 신당동 자택은 참으로 많이 행복하고 참으로 많이 고통스럽고 외로웠던 곳이었다. 그러나 그 인고의 세월은 아버지인 박정희 대통령을 이어가는 대한민국 제18대 대통령 당선자님이라는 이름으로 멋지게 승화되었다.

박근혜 대통령 당선자님과 신당동 주민들이 축하의 인사를 나누었다. 그리고는 대한민국 제18대 대통령 당선자님의 자격으로 자동차에 오르셨다.

소파에 앉지도 못하고 거실에 바위처럼 우뚝 선 채 텔레비전을 보았다. 신당동 자택에서 점차 멀어지는 박근혜 대통령 당선자님의 모습을 보는데 자꾸만 목울대가 뜨거워지며 눈물이 고여 들었다. 이날을 얼마나 고대하셨을까? 1979년 박정희 대통령님 서거 후 근 10

년 동안 칩거 상태에서 보내셨던 그 적막함이 이런 영광을 준비하고 있었다고 생각하니 가슴이 벅찼다.

여의도 당사 앞에서 유권자들과 만나 인사를 나누시고 광화문으로 향한 박근혜 대통령 당선자님의 광화문 단상에서의 첫 말씀은 이러하였다.

- 이번 선거는 위기를 극복하고 경제를 살리려는 열망이 가져온 국민 마음의 승리.
- 국민께 드린 약속을 반드시 실천하는 민생 대통령이 되겠다.
- 우리 국민 여러분 모두가 꿈을 이룰 수 있는, 또 작은 행복이라도 느끼면서 살아갈 수 있는 국민 행복시대를 반드시 열겠다.

이제 내가 할 일은 모두 끝이 났다. 나의 바람대로 박근혜 대통령 후보님이 당선자님으로 되셨으니 아무 여한이 없었다. 대한민국 제18대 대통령 선거에서 나의 미력한 힘이나마 보탬이 되었다고 생각하니 그저 감개무량할 따름이었다. 95일간 나의 땀이 결실을 맺었다는 데 감사했다.

새벽 5시에 일어나 자정이 가까워서야 집으로 돌아왔던 95일간의 생활이 몸에 밴 듯 새벽같이 눈이 떠졌다. 하루를 36시간인 양 쪼개 쓰다가 몸도 마음도 느긋해지니 몸이 축축 늘어지는 것 같았다. 내가 몸담고 있던 부천대학교는 방학 중이고 매일 새벽 산으로 쏘다니자니 그것도 별 재미가 없었다. 그때, 캠프에서 함께 지냈던 김선동 의원에게서 전화가 왔다.

내용인즉 "선거하는 동안 함께 고생했으니 청와대 행정관 모집에 이력서라도 내 보라."는 것이었다. 하지만 나의 이력서는 캠프에 합류할 때 이미 제출되어 있었다. 필요하다면 찾아보기가 쉬울 것으로 생각하고 따로 보내지 않았다.

나는 박근혜 대통령 후보님 캠프에 참여하는 데 의의를 두었고, 내 친구 정현을 맘껏 최선을 다해 즐겁게 도왔다는 데 만족했다.

그런 어느 날, 김선동 의원이 당장 사무실로 오라고 했다. 아무 기대 없이 김선동 의원 사무실로 들어갔다. 한참 통화 중이던 김선동 의원이 어두운 표정으로 전화를 끊었다. 그리고는

—수석비서실 행정관 자리밖에 없다는데…, 그것은 형님을 대우하는 것이 아닌 것 같아서….

김선동 의원이 말끝 흐렸다.

처음부터 어떤 보상을 바라고 캠프로 들어간 것이 아니니 부담 갖지 말라고 했다. 그래도 만약, 청와대에서 대통령님이 내가 필요하다고 하신다면 나는 그 어떤 직함이라도 괜찮다고.

그러자 김선동 의원 말씀이 박근혜 대통령 당선자님께서 나의 이력서를 한참 동안 보시더니, '이런 역경을 딛고 일어선 분이 필요한데, 수석비서관을 해도 모자란 분을 행정관이라니 죄송해 어쩌나.' 하시며 나의 선택을 기다리신다는 것이다.

세상에…! 이 하늘 아래서 나 강일원을 이렇듯 기다려 주시는 분이 계셨다니! 꿈인지 생시인지 구분되지 않았다. 그 역할이 무엇이든 박근혜 대통령 당선자님이 내 이력서를 살펴보시고 내가 살아온 노력을 인정해 주셨다는 것이 정말이지 눈물 나게 감사했다.

강일원 전 시의원, 청와대 정무수석실 행정관 발탁

강일원 행정관은 전남 곡성 출신으로 일곱 살 때 부친을 여의고 어려운 가정형편에 중학교에 진학을 못 하자 무작정 상경, 신문 배달, 우유 배달로 중학교와 고등학교를 검정고시로 마친 후 방통대에 입학, 법학을 전공했다. 이어 2001년 3월 중앙대학교 법과대학원에 입학, 2005년 '학교사고로 인한 민사책임'이란 주제 논문으로 박사 학위를 취득 부천시 의원 제1호 박사가 된 화제의 인물이다.

[출처] http://www.bucheontimes.com/news/articleView.
html?idxno=22568

10

박근혜 대통령님의 훈시

지하철 3호선 경복궁역에서 대한민국 제18대 대통령 당선자님 인수위원회가 위치한 통인동까지 걸어가는 길! 가슴이 두방망이질을 치고 다리가 후들거렸다.

전라남도 곡성군 목사동면 대곡리 480번지에서 태어나 일곱 살에 아버지를 여의고 정규학교 문턱이라고는 초등학교가 전부였던 소년이 중·고등학교를 검정고시로 마치고 방송통신대학교 법학과를 졸업하여 중앙대학교 법학박사가 되기까지… 그 질곡의 세월과 수많은 시련과 그 말할 수 없었던 고통이 크나큰 기쁨으로 다가왔다. '잘해야지! 무엇이든 주어진 일을 열심히 잘하리라.' 마음속으로 수없이 많은 다짐을 하고 또 하였다.

제
3
장
—
가
을
秋

청와대에서 나에게 맡겨진 업무는 대통령비서실 정무수석실 국민소통비서관실 행정관이었다. 수석비서관님들이 대통령님을 보좌하면 그 수석비서관님을 서포팅하는 일이다. 새벽 6시까지 출근을 하다 보니 집에서 나가는 시간이 새벽 5시이다. 빠듯한 업무 스케줄이기 때문에 청와대 근처에 자취하면서 근무하는 사람들이 많았지만 나는 부천을 떠나고 싶지 않았다. 일의 성격을 파악하기까지 몇 개월은 새벽 1시에 퇴근하는 강행군도 하였다.

이후에 이러한 직원들의 업무 패턴이 대통령님에게 보고되자 출근 시간을 8시로 바꾸라는 대통령님의 지시가 내려왔다. 그러나 오랜 기간 몸에 배어 습관이 된 탓인지 늦어도 6시 반까지는 모두 출근을 했다.

힘든 생활이었지만 각 부처와 네트워크를 가질 수 있는 것에 대한 보람을 느꼈다. 그리고 매일매일 전달되는 박근혜 대통령님의 훈시訓示는 나를 성장시키는 영양제와도 같았다. 여러 말씀 중에 내 가슴에 와 닿은 몇 가지가 나의 인생에 지표가 될 것이다.

속도보다 방향이 먼저라는 대통령님의 말씀은 『인생은 속도보다 방향이다』라는 책에서 인용하신 것이다. 방향을 잘못 잡고 뛴다면 열심히 뛸수록 더욱더 잘못될 수밖에 없으니 방향을 정확하게 잡고 뛰어야 한다는 것이다.

민생을 위한 모든 분야에서 꼭 가야 할 길로 제대로 갈 수 있도록 신중하게 생각하고 판단하여 최선을 다해야겠다는 생각을 하였다.

박근혜 대통령님께서

─광복 70주년을 맞이한 우리나라는 긍지와 용기를 갖기에 충분히 자랑스러운 나라이다. 우리 모두 개도국이나 신흥국에서 한국을 모델로 눈여겨보고 있다는 것을 잊지 말자.

하고 말씀하셨다.

한국전쟁 이후 우리나라는 세계에서 못 사는 나라 중 하나였다. 전쟁 통에 가족들이 이리저리 흩어지고, 부모님의 손을 놓친 아이들이 거리에서 길을 잃고 헤맸다. 먹을 것도 잘 곳도 없었다고 해도 과언이 아닌 그 폐허 속! 그곳에서는 아무것도 할 수도 없었고, 하고자 하는 의욕도 없이 주린 배를 움켜쥐고 있었다. 거기에 공산주의와 민주주의가 첨예하게 대립했다.

그러나 우리는 일어섰다. 보릿고개를 겪는 국민들을 바라보던 박정희 대통령님께서 새마을 운동을 전개하여 실천하며 재건에 성공하여 국제적으로 모범국가가 된 것이다. 자원도 없는 나라에서 그것도 짧은 세월 동안 이뤄낸 눈부신 발전에 세계가 주목하고 있다.

GDP로 미국, 중국, 일본, 독일, 영국, 프랑스 등에 이어 11위를 차지한 한국! 그 가운데 5위인 영국은 영토가 작다. 그러나 대한민국은 영국의 영토에 4분의 1밖에 안 되는 면적을 가지고 있다. 정말이지 놀라운 성과이다.

그 놀라운 성과를 우리 국민이 힘을 합하여 이루었다. 반세기 전만 해도 세계에서 못 사는 나라 중 하나로 남의 나라에서 원조를 받던 가난했던 나라가 어떻게 하여 GDP 11위로 올라서고, 무역 교역에서 7위까지 올라서게 되었는가. 그 과정에는 수많은 사람의 피와 땀과 눈물이 배어있다. 이 고난을 헤치고 오늘의 번영을 이룬 사실을 우리 국민 모두가 한 번 더 꼼꼼히 살펴보고 한국인으로서 긍지를 가질 필요가 있을 것이다.

우리나라가 만약 올해 개인소득 3만 불 시대로 진입하게 된다면 세계 5030의 일곱 번째 국가가 되는 것이다. 인구 5천만 명 이상 되는 나라에서 국민 개인소득이 3만 불 이상 되는 나라! 세계를 통틀어 6개국밖에 안 되니 우리 국민들도 긍지를 가져야 한다. 그 긍지는 바로 세계 평화와 번영을 위해 기여할 책임이 있다는 것이다.

만약 어떤 외교적 문제가 발생한다 해도 우리 스스로 연구하고, 각자 가진 역량을 백분 발휘하여 문제를 해결해 나갈 수 있다는 자부심과 긍지, 용기와 자신감이 필요하다.

대통령님께서는 경제회복 불씨를 살리고 경제 활력을 되찾는데 국민 모두의 힘과 지혜를 모아야 할 때가 바로 지금이라는 말씀을 하셨다. 그것은 정부가 해야 할 최대의 국정과제로서 바로 새로운 대한민국을 만드는 일이기 때문일 것이다. 그렇게 새로운 대한민국을 탄생시키기 위해서는 공공개혁과 규제개혁, 서비스산업 육성 등 경제혁신 추진이 필요하다. 그리고 추진된 개혁안에 속도를 붙여 경제가 도약을 이룰 수 있는 계기를 만들어야 한다. 그것이 우리 국민들과 우리 후손들의 미래를 위한 일이다. 침체된 경제에 활력을 불어넣기 위해 우리 모두가 힘을 합하여야 할 때라고 생각한다.

그렇지만 바쁘다고 하여 건성건성 하면 반드시 탈이 난다. 모든 공정마다 진심과 혼魂을 담아야 한다. 이 일이 안 되면 큰일이 난다는 생각으로 반드시 마음을 쏟아야만 일에 성과가 있다. 마음에 혼과 열정을 가졌을 때 장애를 극복하여 성과를 낼 수 있다. 혼신을 다해 일해야 하는 것이 우리가 할 일인 것이다.

대통령님은 문화 창조 융합 벨트에 창작인과 젊은 층의 관심과 참여를 강조하셨다. 이 시대에는 혁신 없는 성장이 없기 때문이다. 따라서 창조경제 정신이 경제 각 분야에 스며들어 그 정신이 구현될 수 있도록 확신을 가지고 더욱 노력해 나가야 할 것이라는 생각이다.

또 주목해야 할 것은 지금 전 세계가 문화 영토를 구축하고 문화로 새로운 시장을 개척하는 데 집중하고 있다는 점을 우리 또한 간과해서는 안 될 것이다.

대한민국이 가지고 있는 문화의 장점을 최대한 살리고 문화영토를 확대할 수 있도록 문화콘텐츠 분야로 창조경제의 폭과 깊이를 더욱더 확대해 나가야 할 것이다. 만약 지금 이 시기를 놓치게 되면 아마 다시 이런 기회를 얻을 수 없게 될지도 모르게 세계가 급변하고 있다.

문화는 이제 예술을 넘어서 국가 간의 치열한 산업 경쟁력의 원동력이 되었고, 문화가 콘텐츠가 되고 문화가 시장을 만드는 현상을 지금 우리는 경험하고 있다.

문화가 바로 창조경제의 주요 핵심 콘텐츠이고 앞으로 경제의 무한한 가능성을 여는 것도 바로 문화가 될 가능성이 크다. 또한, 문화는 관광, 의료, 교육, 제조업 등 다른 산업의 부가가치를 높이고 해외진출에 마중물 역할을 한다. 무형과 유형으로 무궁무진하게 잠재된 우리 문화를 육성시키고 문화콘텐츠로 창조경제의 새로운 성장 동력을 확보한다면 경제를 활성화하고 현재의 어려움을 극복하는데 크나큰 도움이 될 것이다.

그리고 대통령님께서는 핵심 국정 과제 현장에서 정책 효과 체감도를 점검하는 것이 우선시 되어야 한다고 말씀하셨다. 모든 일을 하면서 국민들이 현장에서 그 성과를 체감하지 못한다면 법을 개정하고 예산을 투입하고 하는 이런 모든 일이 헛수고가 될 수 있기 때문이다. 예를 들어 반값등록금이라고 하면 예산을 투입해서 몇 명한테 장학금을 이렇게 지급했다는 행정적인 차원을 넘어, 실제로 대학생과 학부모들이 등록금 경감 효과를 얼마나 체감했느냐가 중요한 것이다.

기술 금융의 경우에도 작년에 무려 8조 9천억 원이나 공급했으니 의도한 정책효과가 국민 입장에서 실제 체감되고 있는지가 핵심인 것이다.

대통령님의 훈시를 들을 때마다 내가 얼마나 대통령님의 마음을 잘 이해하고 실천하고 있는가 생각해 보았다. 그런데 해답은 한 가지였다. 바로 역지사지易地思之! 모든 상황에 입장을 바꿔 생각하는 것이야말로 참 평화를 이룰 수 있는 열쇠 같았다. 내 주장을 강하게 앞세우기보다는 남의 말을 많이 들어주는 일, 나보다는 상대방이 처한 입장을 먼저 생각해 보는 것, 그것이 바로 이 시대를 살아가는 사람들에게 필요한 덕목德目이 아닐까 생각한다.

11

청와대 근무 중
잊을 수 없는 일

나의 꿈인 사법시험에 실패한 후 나를 일으켜 세워줄 언덕을 교수로 바꾸었고 그 꿈을 이루었다. 그래서 나는 최종목표인 국회의원의 꿈을 현실로 이루기 위해 각고의 노력을 기울이고 있다.

고입검정고시를 준비하던 17살. 전라남도 곡성군 목사동면 석곡 터미널에서 살레지오고등학교 1학년인 이정현을 친구로 얻으며 둘이 함께 약속했던 국회의원을 향한 꿈! 내 친구 정현은 이미 도달점에 이르렀지만 나는 아직 미흡했다.

그 꿈을 이루기 위해서는 나랏일을 잘 제대로 배워야 한다. 큰 줄기로 나라 사랑의 근본을 잡고, 각 부처 엘리트 공무원들과 네트워크를 형성하며, 사람을 바라보는 시각을 다양하게 키워야 한다.

2014년 4월 16일 세월호 침몰. 그것은 정말이지 상상할 수 없는 깊은 슬픔의 늪이었다. 피어보지도 못한 꽃봉오리들이 아스러져 간 아픔! 대통령님은 물론, 우리 국민 모두 넋을 잃었다. 그 어떤 말로도 위로 되지 않는… 말 한 마디 한 마디가 살얼음판을 딛듯 조심스러웠다.

세월호 사건이 일어난 후, 현지에 있는 유가족들이 느끼는 불만의 체감도와 대통령님이 보고받은 내용이 거리감이 있는 것 같다는 의견이 있으셨다. 내가 직접 가서 보고 느껴보겠다고 자원하여 팽목항으로 내려갔다.

팽목항에서 세월호 침몰현장까지 45분 거리. 시신을 수습하면 팽목항에서 성별 및 신분을 확인한 후 병원으로 옮겨지는 시스템이었다. 내가 행정관임을 밝히지 않고 유가족처럼 현장 상황을 살폈다. 청와대에서 함께 일한 적이 있는 박청웅 전남소방본부장이 나의 업무를 적극적으로 도와주었다.

마침 그날 시신 2구가 들어왔다. 눈이 멀어 버리도록 기다려도 그리운 아들의 시신이 발견되지 않자 애를 태우던 아버지가 집으로 돌아가 집안의 문을 다 열어 놓고 '아들아, 제발 집으로 돌아와 달라.'고 울면서 기원했는데 정말 우연히 그날 시신이 올라왔다는 것이었다. 그러면서 잠수부들 말씀이 시신을 발견하고 들어 올리기가 힘들때 시신에 대고 "어서 빨리 엄마 아빠 품으로 가자!"라고 외치면 거짓말처럼 수습이 쉬웠다는 것이다.

내가 만났던 학생도 그랬다고 한다. 시신으로 돌아온 아들을 안고 억장이 무너지는 유가족들! 자식을 키우는 나의 가슴도 무너지고 또 무너졌다.

눈에 넣어도 아프지 않을 자식을 보내야만 하는 유가족들의 안타까운 심정을 살펴보고 행정 처리되는 과정을 가감 없이 그대로 보고 드렸다. 그러자 내 보고에 대통령님이 흡족하셨는지 며칠 후, 나를 다시 안산으로 보내셨다.

그렇게… 4월부터 12월까지 팽목항과 안산을 오고 가며 유가족의 불편함을 덜어주고자 혼신의 힘을 다했다. 그때를 돌아보면 몸은 참 힘들었지만, 유가족들을 보살피며 대통령님의 답답하신 마음을 덜어드린 것 같아 보람을 느꼈다.

문화, 예술, 종교의 지도자분들과 소통을 강화하라는 대통령님의 특별지시가 내려졌다. 지시에 따라 방문면담을 진행했다. 방문면담을 하는 과정에서 원로 종교문화인들을 좌·우 관계없이 만났다.

성공회대학에 신영복 교수, 진보를 대변하는 YMCA 총재 등….

어떤 분은 이야기꽃을 아름답고 향기로이 피우지만 어떤 분은 2시간 동안 혼자 말씀하여 대답만 하기도 벅찼다.

대통령님의 훈시를 따르고 이행하며 개인적으로 만나기 어려운 자승 스님과 정진석 추기경님, 한국기독교총연합회 이영훈 목사님과 소강석 목사님을 만나 좋은 말씀을 많이 들었다. 종교지도자들의 정치와 사회, 경제적 생각을 그대로 대통령님께 보고 드렸다. 소통을 우선으로 여기시는 대통령님은 아무리 바쁘셔도 내가 올린 자료를 반드시 보셨고, 민원이 있으면 바로잡으시고 어떻게 해결되었는지까지 피드백을 받으셨다.

이런 과정들을 보며 대통령님의 마음 씀씀이가 참으로 자상하시다는 것을 알았다. 아무리 강조해도 과하지 않은 말씀이 바로 소외된 사람들을 항상 돌봐야 한다는 말씀이었다.

대통령님이 비정상의 정상화, 부패 척결을 강조하셨다. 어떻게 보면 가장 기본적인 문제였다. 그러나 어떤 전임 대통령님도 부패척결과 비정상의 정상화를 이루지 못했다. 청와대에서 근무한다는 이유로 뇌물을 받고 사업에 연루되는 일이 비일비재했다. 그러나 18대 박근혜 정부의 청와대 근무자들의 태도는 많이 다르다. 어떤 업무로 누구를 만나든지 뇌물을 받지 않게 되어있다.

만약 뇌물 수수의 징조가 포착되었을 때는 그가 누구든 처벌을 우선으로 한다. 부패척결을 향한 대통령님의 단호하신 결정이 성과를 이루도록 최선을 다하기로 다짐했다.

하루하루 대통령님의 말씀을 메모한 것을 보니 2년 6개월 동안 청와대 근무에 메모한 것만도 200가지가 넘었다. 한 가지도 놓치지 않고 챙겨 반드시 결과를 내야만 하는 박근혜 대통령님의 정치 해법, 그것은 국민을 사랑하는 마음과 지대한 관심, 열정이 없이는 어려운 일일 것이다.

청와대 근무를 무사히 마치고 퇴직하는 날, 퇴직인사를 하는데 만도 5시간이 넘겨 걸렸다. 수많은 사람 중에 만났던 좋은 인연, 짧다면 짧고 길다면 길었던 청와대 생활을 좋은 기억으로 마무리하고 싶었다. 각 부처 사람들과 작별의 인사를 하고 청와대를 둘러보니 그동안의 일들이 주마등처럼 스치며 마음이 먹먹해 왔다.

그렇게 청와대에서 퇴직하며 218명에게 문자인사를 드렸는데 190명이 '그동안 참 수고 많았다. 강일원 씨의 앞으로 행보에 행운이 함께 하시기를 빈다.'는 회신을 보냈다. 나승일 교육부 차관이나, 김종필 법무 비서관, 최수교 중기청 차장님 같은 분들은 전화를 걸어 내 안부를 묻고 나의 꿈을 응원해주었다. 이러한 인적 네트워크를 가질 수 있었다는 것이 더없이 고마웠다.

이제 더는 머뭇거릴 시간이 없다. 나를 지켜봐 주시며 응원해 주시는 고마운 분들의 기대에 부응하기 위해 쉬지 않고 생각하며 달려야 한다. 나, 강일원! 나의 꿈이 경기도 부천시 소사구에서 반드시 이루어질 수 있도록 최선을 다하여 열심히! 그리고 정직하게 일할 것이다.

제4장

겨울冬

겨울. 고요함에 더 커지는 천둥소리
천둥소리에 더 적막한 고요함

그대 아는가?
동토凍土… 그 속 깊은 비밀
아무도 모르게 잉태되어 타오를 생명의 불꽃
차가움과 뜨거움의 조화
그것이 도전과 성공의 단초端初
겨울은… 끝이 아닌 새로운 시작의 준비

차 례

쉼표는 도약을 위한
재충전의 시간

2년 6개월 동안의 청와대 근무. 지난 9월 1일 청와대 정문을 나서며 내가 열정을 쏟아야 할 직업에 대하여 생각해 보았다. 청와대로 들어가기 전, 부천대학교 금융학과 교수였으니 부천대학교로 복직해도 되는 일이지만 새로운 일에 도전해 보고 싶은 욕망이 생겼다. 그래서 바쁜 청와대 일상으로 잠시 소원했던 성당 미사 참례도 열심히 하고 이웃들과 구수한 이야기도 나누며 충전의 시간을 보내고 있다.

우리 아파트 이웃 어르신들의 생활은 정말이지 훈훈하다. 시장에서 빵 한 개를 사 가지고 오시다 만나 뵙기라도 하면 망설임 없이

—이거, 작은놈 갖다 먹여. 녀석이 얼마나 인사도 잘하고 짐도 잘 들어주는지 엄청 예뻐.

하시며 반절을 뚝 잘라 나누어 주신다. 어르신 잡수시라며 손사래라도 치면,

　—돈으로 치자면 값도 안 나가지만 주고 싶어서 그래.

하시며 내 손에 꼭 쥐어 주시고는 가신다.

　어르신의 뒷모습을 보면서 예전에는 흔히 접했던 일들이 요즘 세태에서는 보기 드문 일이 되었다는 것이 아쉬움으로 남는다.

　이웃 간은 고사하고 형제간, 부모와 자식 간까지도 단절된 사람살이가 흔하다. 그러나 직면한 현실을 자신이 고치려 하기보다는 사회적 책임으로 돌리려는 의식이 강해 더욱 안타깝게 생각한다.

　평소 해 먹는 음식보다 조금이라도 다른 음식을 하면 그릇 그릇 담아 마을 어르신들부터 대접했던 시절. 그 시절에는 배는 고팠어도 나누려는 마음이 컸다. 이웃 간의 정이 형제간처럼 이어진 것이다. 이웃사촌이라는 말이 딱 들어맞았다.

　그러나 현 세태는 이웃에 누가 사는지, 구성원이 어떻게 되는지 서로 알려고 하는 것이 실례가 되었다. 이 또한 생각해 보면 내가 먼저 다가가서 손을 내밀면 되는 일이다.

　더도 말고 한 발짝만 물러서서 세상을 바라볼 때 다른 색깔의 세상을 볼 수 있다고 생각한다. 잘못을 남에게 전가하기보다는 그 잘못이 나에게도 있다 생각하고 바꾸고 고쳐 보려는 의지가 필요한 것이다.

요즘 뉴스를 보면 하루가 멀다고 이웃 간의 불화가 살인으로까지 벌어지고 있다. 바로 소통의 문제라고 생각한다. 서로 관심을 가지고 다가간다면 문제 될 일이 아니지만, 현관문을 꼭꼭 걸어 잠그다 보니 정을 나눌 기회가 없어진 것이다. 서로에 대해 알지 못하다 보니 작은 일에도 오해가 쌓인다. 어느 한쪽에서든 마음을 열고 사과를 하든지 사과를 종용하든지 하여 오해를 풀어야 하는데 쉬운 문제가 아니다.

먼저 사과하면 자신이 작아 보일까 봐 자존심이 상하고, 사과를 받게 되면 '고맙다.' 하고 넘기면 그냥 풀어질 일인 것을 '그래, 네가 잘못했으니 당연히 사과는 네가 해야지.'라는 이기주의가 팽배하여 있다. 이것은 결코 GDP 세계 11등으로 선진국 대열에 진입하는 국민들이 가진 정신이 되지 못하는 것 같다.

나는 이웃들을 참으로 잘 만났다. 늘 감사한 마음이다. 부천시 소사구 괴안동 삼익아파트에서 22년 동안 살고 있지만, 이웃 간에 한 번도 얼굴 붉힌 적이 없다.

나만의 비결이 있는 것도 아니고 어떤 치밀한 계획을 세우고 사는 것도 아니다. 아내와 아이들에게 항상 강조하는 말이 '인사를 잘해라. 겸손해라.'이다. 오래 살진 않았지만 살아가는 데 겸손만큼 중요한 것은 없는 것 같았다. 많이 안다고 나부대지 않고, 이웃이 미처 모르는 것을 행동으로 보이며 은근하게 가르쳐주는 일! 그것이 내가 살아가는 방식이다.

이웃과 겸손한 마음으로 인사를 나누다 보면 상대방이 관심을 갖고 다가오고 손을 잡게 된다. 겸손한 생활을 하다 보면 배려심이 자동적으로 따라오고 더불어 고맙다는 말이 저절로 나온다.

서로를 알면 원수질 일이 없다. 모든 사단은 모르는 데서 오는 것이다. 내가 성당 레지오 활동을 하며 보람 있었던 일은 기도하는 마음과 봉사 정신이었는데 특히, 이 세상을 떠나시는 망자들의 마지막을 준비해 드릴 때는 느끼는 것이 참 많았다.

아무리 억만장자로 호의호식하며 한세상을 살았어도 이 세상과 작별할 때는 베옷 한 벌에 동전 세 닢만을 가지고 간다. 세상에 올 때 알몸으로 왔으니 그보다 큰 수확은 없을 것이다. 그런데 그것이 누구나 똑같다는 것이다.

아무리 많은 재산을 움켜쥐고 돈으로 호령하며 세상을 살았어도 갈 때는 빈손으로 가야 하는 공평한 길! 그렇게 생각하면 능력 있을 때 열심히 일해 이웃과 나라를 위해 조금이라도 보탬이 되는 삶을 사는 것이 제일 행복한 것 같다.

1989년. 인천의 십정동 성당에서 세례를 받은 나는 본명이 요셉이고 아내의 본명은 마리아이다. 큰 그릇인 요셉과 마리아님을 닮고 싶은 마음에서 받은 본명이다. 그래서 나는 기도문 중에 성모송을 가장 좋아한다.

은총이 가득하신 마리아님, 기뻐하소서.
주님께서 함께 계시니 여인 중에 복되시며,
태중의 아들 예수님 또한 복되시나이다.
천주의 성모 마리아님,
이제와 저희 죽을 때에 저희 죄인을 위하여 빌어주소서.

정말이지 감사한 일이다. 저희 죽을 때 저희 죄인을 위하여 빌어 주실 수 있는 성모님. 내 죄의 사함을 아뢰며 빌어 줄 수 있는 성모 님은 어머니와도 같다. 성모송을 접하고 감사하는 마음을 더 키울 수 있었다.

차분하게 내가 돌아온 길을 뒤 돌아보면 어려움에 처했을 때마다 나를 도와주는 인연이 있었다. 아버지를 일찍 여의어 아버지의 깊은 사랑을 받지 못했지만, 인덕이 많았다. 그 감사함을 성모송으로 올 렸다. 성모송이 나를 지탱해 주는 힘이다.

부천시의회 의원으로 정치인으로서 첫발을 디뎠을 때도 가장 힘 이 되었던 것이 저희 죄인을 위하여 빌어주시는 성모님의 감사였다. 고난은 나에게 더 큰 일을 맡기기 위한 가르침이라고 생각한다.

익을수록 고더욱 개를 숙이는 벼! 나도 벼 같은 존재로 남고 싶다. 어려운 고비를 넘기고 정상에 섰을 때 햇빛이 되어주고 바람이 되어 주었던 사람들을 잊지 않는 따스한 마음.

아무리 잘난 사람도 혼자서는 살 수 없는 것이 우리들의 삶이다. 굴 곡진 삶이라고 낙심할 필요도 없다. 항상 이웃을 돌아보며 긍정적인 마음으로 살아간다면 분명 참으로 살기 좋은 세상이 올 것이라고…

나는 믿는다.

내가 바라는
대한민국

청와대에서 근무하며 많은 것을 배웠다. 그중에서도 다양한 지식을 갖춘 사람들을 만나 살아가는 이야기를 나누며 친분을 쌓은 것은 내 생에 가장 큰 기쁨이었다.

나라 사랑하는 나만의 법을 새로이 세우고, 내가 꿈꾸는 대한민국도 4가지 정도로 요약할 수 있었다.

첫째, 문화강대국을 만들고 싶다.

구전으로 내려오는 민요의 전통을 살려 역동적인 대중가요와 잘 접목시켜 다양성과 창의성이 뛰어난 새로운 문화를 창출한다.

한과 얼이 서린 우리나라 고유의 음악을 장점으로 재탄생시켜 하나의 콘텐츠로 개발하여 세계를 무대로 보급한다. 그리고는 K-POP과 드라마로 달구어진 한류 시장에 또 다른 문화를 선보인다면 대한민국이 세계적인 문화강국으로 우뚝 설 수 있는 날도 멀지 않을 것으로 생각한다. 농요와 궁중음악, 하다못해 여인들이 베틀 앞에서 부르는 노동요까지도 귀한 문화적 자산이므로 발굴과 함께 콘텐츠를 개발하여 상업화시키는 것이 시급하다고 생각한다.

둘째, 세계가 우리나라를 배우고 싶어 하는 나라로 만들고 싶다.

지금까지는 우리나라가 외국의 것을 모방했다면 이제는 외국인들이 우리나라의 것을 배우게 하고 싶다.

지금 발돋움 하고 있는 것이 요리이다. 세계 각국에서 우리나라 음식을 시식할 수 있는 코너를 마련하고 있다. 우선, 미각과 후각을 자극시키면 그 맛이 뇌리에 저장될 것이다. 외국인들 뇌리에 각인되어버린 한국 음식의 맛! 한국 음식을 배우려는 사람들이 증가할 것이다.

그러나 이것이 비단 음식에만 적용되는 시스템이 아니다. 의료사업이나 문화콘텐츠, 스포츠 등… 모든 분야에 적용하여 실시한다면 효과를 기대해도 좋을 것이다. 세계인이 한국을 배우고자 밀려든다고 생각해 보면 그보다 멋진 일은 없을 테니까.

셋째, 준법정신과 예절이 지배하는 우리나라가 되어야 한다.

준법정신이 해이解弛하게 되면 모든 것이 틀어지게 된다. 길을 건너더라도 신호를 지키지 않으면 생명이 위태롭게 되고, 등산하면서 좁은 산을 오르고 내려올 때도 차례를 지키지 않으면 절벽으로 떨어질 위험이 있다.

그러나 우리는 그 준법정신에 대하여 얼마나 무감각한지 길에 서서 한 시간만 지켜보면 알 수 있다. 신호가 바뀔 것이라고 파란 불에서 깜박거리며 신호를 보내도 아기 엄마가 유모차를 밀며 뛰는가 하면, 자전거를 타고 건널목을 유유히 건너지 않는가. 그 모두가 지키지 않아도 아무런 법적제재를 받지 않는다는 것을 이용하는 나쁜 습관일 것이다.

그러나 이제는 달라져야 한다. 우리나라 대통령님이 한 번 법을 지키지 않으면 용서하지 않는다는 것을 전문시위꾼들이 알게 되면서부터 촛불시위나 꼼수를 두어 국민을 혼란시키려는 의도의 시위가 많이 줄어들었다. 얼마 전 일어난 전방의 지뢰폭발 사건만 봐도 법을 엄수하며 정부에서 일사불란一絲不亂하게 움직이니 그에 대한 논란이 현격히 줄어들었다. 그렇다고 본다면 모든 것은 내가 먼저 잘 지키고 이웃이나 국민을 계도하여야 할 것이다.

기초질서가 뿌리내린 우리나라, 예의범절이 우선시 되는 우리나라, 나는 그런 따뜻한 인정을 나누며 살았던 옛날이 그립다. 이웃 어른을 만나면 '아짐, 진지 잡수셨으라?' 다정하게 건네던 인사말이 습관 되었던 시절! 무엇이든 법이 앞장서기 전에 서로 이야기로 풀어내 용서하고 용서받던 우리들의 삶. 사람 사는 정이 흠씬 묻어나던 좋은 시절이 아니었을까 싶다.

아무리 교육수준이 높고 청소년들의 대학 진학률이 70%에 육박

해도 테이크아웃 커피 잔을 아무 곳에나 버리는 이기주의적 사고발상과 자신의 안일을 구가하기 위해 남은 어떻게 되든 상관없는 사례가 늘어났다. 부모도 형제도 몰라보고 돈과 명예만을 좇는 사람들. 그런 사람들이 더는 없어야 한다. 준법정신을 잘 지켜 기본질서가 확립되고, 어른과 아이가 차별화되어 서로 존중하고 아끼는 우리나라가 되었으면 좋겠다.

넷째, 코리아 드림은 이루어져야 한다.

자영업자나 중소기업인, 소상공인 누구나 꿈을 가지고 열심히 노력하면 반드시 그 꿈을 이룰 수 있는 나라. 남.녀.노.소. 상관없이 자신의 할 일을 진실하고 꿋꿋하게 하면 성공할 수 있는 나라. 그저, 여자는 여자답고, 남자는 남자답고 어른은 어른답고, 아이는 아이다운 나라. 자신의 위치에서 묵묵히 책임을 다하는 충실한 사람들.

언젠가 외국인 며느리가 시부모님을 깍듯이 모시는 장면을 텔레비전 화면에서 본 적이 있다. 그 외국인 며느리 역시 우리나라로 시집을 왔을 땐 나름의 꿈을 가졌을 것이다. 공부를 더 하여 본국과 우리나라 간 외교사절의 꿈도 있을 것이고, 양국 특산물을 소개하여 판매하는 사업가의 꿈도 있을 것이다. 이제는 그런 사람들의 꿈도 실현될 수 있는 뒷받침이 되어야 한다. 그래서 '개천에서 용 난다.'는 우리나라 속담이 딱딱 들어맞는 그런 나라가 되었으면 좋겠다.

이것이 내가 앞으로 보고 싶은 대한민국이다. 지금은 아무리 정부가 잘하려고 해도 법치국가이다 보니 입법이 받쳐주지 않으면 실행하기가 힘들다.

과거에는 도로나 항만, 공항, 철도 등… 기반 시설에 투자가 많이 되었고 그만큼 인력도 많이 필요했지만, 현대는 다르다. 기반시설이 모두 다 충족되다 보니 모든 것이 자연스럽게 자동화 시스템으로 전환되고 있다. 일자리가 없어진 것이다. 부천시외버스터미널인 소풍터미널에 가보면 표를 판매하는 직원이 없다. 모든 것이 자동화되어 기계만 덩그러니 놓여 있다.

격세지감隔世之感을 느낀다. 편리한 것은 좋으나 노동력이 없어져 버렸다. 정치하는 사람들은 이제 새롭게 일자리를 창출해야 한다. 그것이 바로 소프트웨어, IT산업, 서비스산업(호텔, 의료기기) 등이다. 이 산업들이 받쳐주기 위해서는 「산업발전기본법」이 국회에서 통과되어야 하고 「의료법」도 통과가 되어야 한다. 그러나 야당 일부에서는 그것도 정부가 대기업에 주는 특혜라고 하지만, 원격진료기계는 중소기업에서 만들어 낼 수가 없다.

선진국은 지향한다고 해서만 되는 것은 아니라 노력하고 협조할 때 비로소 선진국으로 달려갈 수 있다. 문화와 경제가 조화를 이루어야 우리가 지향하는 선진국이 되는 것이다. 모든 구조가 현실에 맞게 뒷받침되어주어야 한다.

나는 왜
국회의원이 되고자 하는가

「대한민국은 민주공화국이며 대한민국의 주권은 국민에게 있고, 모든 권력은 국민으로부터 나온다.」 대한민국 헌법 제1조. 이 얼마나 가슴이 벅차오르는 감격스러운 조항인가? 방송통신대학교 입학후 교재를 받고 부푼 마음으로 처음 법전을 펴서 헌법 제1조를 읽는 순간, 나, 강일원의 소년 시절 꿈이 현실이 되어 다가오는 것 같았다. 국회의원이라는 막연했던 꿈이 빛나는 금강석과 같이 단단하게 응집되었다.

나는 일곱 살에 아버지를 여의고 가난으로 중학교도 진학하지 못한 채, 밭에서 지게를 지고, 검정 교복에 책가방을 들고 학교에 가는 친구들을 바라보며 부러움에 눈물을 흘렸지만, 세상을 원망한 적은 없다. 원하는 것을 명확히 알고 그것을 얻고자 진정 노력하는 사람은 분명히 그 보답을 받는 땅이 바로 대한민국이라는 것을 알고 있었기 때문이다.

막연하기만 했던 나의 국회의원을 향한 꿈이 구체화 된 계기는 바로 내 친구 이정현을 만나면서부터였다. 광주에서 곡성으로 향하는 버스 안에서 만난 내 친구 이정현! 고등학생이었지만 국회의원이 되겠다는 미래를 이야기하는 정현의 눈에서는 국회의원을 향한 강한 힘이 흘러나왔다. 여당과 야당, 각 당의 당수의 성정과 당에 대한 공헌도까지⋯ 국회의원의 처신과 업무를 이미 다 자신의 것으로 만들고 있었다. 마치, 선거를 준비하고 있는 국회의원 같았다.
자신의 꿈을 실현시키기 위해서는 그 어떤 장애물에 부딪히더라도 그것을 뛰어넘을 것 같은 당당함이 있었다.

고등학생이지만 이미 갈 길이 정해진 정현을 보며 나는 무엇을 준비하며 국회의원이 되고자 꿈꾸었던가, 잠시 생각해 보았다. 그리고는 정현의 당당함이 부러웠다. 어떻게 하면 이렇듯 단단한 결심을 일찍감치 하게 됐을까⋯. 그때부터 나의 장래와 국회의원이라는 신분에 대해 골똘하게 생각하게 되었고 국회의원의 역할에 대한 책을 보며 국회의원이라는 꿈을 아무도 모르게 키우게 되었다.

모든 사람이 각자의 위치에서 최선을 다하면서 역사는 움직이고 세상은 변화한다. 그러나 그 변화의 물결을 정치인들이 따라가 주지 못한다면 잘못된 일이 아닐까 싶다. 변화의 가장 큰 방향성을 잡는 것, 그것이 국회의원의 역할이라는 생각이 들었다.

　과거와 달리 삶의 형태가 다양하게 변화된 현대. 양친의 지극한 사랑과 뒷받침 안에 자신이 원하는 것을 얻고자 노력하는 사람이 있는가 하면 반대로 환경의 불우함으로 노력할 의지조차 놓아버리는 사람이 있다. 노력하면 정상에 오를 수 있는 많은 사람이 일찌감치 백기를 흔들고 환경을 탓한다. 그리고 자신보다 나은 환경에서 정상을 위해 노력하고 있는 이들을 적대시한다.

　그러나 불우한 환경에서 성장한 나는 대한민국은 정상을 정복하고자 노력하는 모든 이들에게 기회를 주는 세상이라 믿었다. 노력하는 사람들에게 기회를 주는 것, 그럼으로써 불우한 환경에 있는 사람들이 희망을 품고 노력의 의지를 샘솟게 하는 것이 국가가 할 일이고, 국회의원의 역할이며, 사명이라고 생각하였다. 대한민국 안에서는 불우한 환경이 결코 노력하는 사람을 쓰러트리지 못한다는 것을 증명하고 싶었다.

　요즘 젊은 세대 사이에서는 '개천에서 용 나는 세상은 끝났다.'라거나 '백날 노력해봤자 부모 잘 두어 금수저 물고 태어난 놈 못 당한다.'는 말들이 오고 가고, 3포세대니 5포세대니 하면서 원하지 않으니 노력할 필요도 없다는 사고방식이 퍼지고 있다. 포기가 그만큼 빠르다는 것을 증명하는 것이다.

　먹고 살 만한데도 상대적 박탈감에 환경이 좋은 사람이 취득한 노

력의 열매는 노력한 점 없이 쉽게 얻어진 결과라고 오인하고 급기야
는 자신이 노력한 것에 대한 허망함을 넘어 증오심과 함께 좌절하는
것이다. 그러나 그 어떤 처지에 놓여있든 원하는 것을 얻기 위해서
는 피나는 노력이 필요하다. 그 피 같은 귀한 노력이 모여서 대한민
국의 발전 동력이 될 수 있다는 확신을 할 수 있도록 정치가 뒷받침
되어야 한다는 것이 나의 생각이다.

방송통신대학교에서 법학을 전공하면서 국회의원에 대한 나의 꿈
은 더욱 견실해졌다. 대한민국 헌법은 의회민주제를 채택하고 있으
며, 국회의원은 국민을 대표하여 변화의 방향을 제시한다. 좋은 환
경에서 노력하여 성공한 사람이 국민의 대표로 국회의원이 되었다
면, 불우한 환경에서 노력하여 성공한 사람 역시 국민을 대표하는
국회의원이 되어야 마땅하다고 생각한다.

그것은… 자신이 걸어온 길을 잘 알고 있어서 동병상련의 이해가
빠르고 그에 따라 필요한 법률 제정에도 유리하기 때문이다. 소시민
들의 가려운 곳을 먼저 알아서 잘 긁어줄 수 있다는 것이다.

즉, 우리나라 국회의원의 구성이 좋은 환경에서 성공한 사람과 불
우한 환경을 딛고 일어선 사람으로 분포가 잘 이루어져야 한다고 생
각한다. 그래야만 비로소 불우한 환경을 딛고 일어서고자 노력하는
사람들이 노력에 대한 허탈감을 넘어서 혐오감을 떨쳐낼 수 있을 것
이다.

희망의 끈을 더욱 단단하게 쥐는 힘이 생길 것이며, 그야말로 '인

내는 쓰나 그 열매는 달다.'는 명언을 여실히 보여줄 수 있지 않을까 싶다.

　의회민주제 즉, 대의민주제의 단점은 대의기관이 국민의 의사를 왜곡시켜 소수의 이익집단을 대변하는 기구로 전락할 수 있다는 것이다. 따라서 국민의 의사가 소수 집단의 이익을 위해 다른 의도로 왜곡하지 않도록 국민과 소통하려는 의지가 가장 중요하다고 생각한다.

　헌법 제46조는 이러한 견지에서 국회의원의 의무를 규정하고 있다. 청렴의 의무, 국가이익 우선의 의무, 지위남용 금지의 의무가 그것이다. 자유위임의 대의제하에서 이러한 의무를 지킬 때 비로소 국민의 진정한 의사를 대변할 수 있고 헌법 제1조를 실체화할 수 있다고 생각한다. 이러한 당연한 의무를 헌법에서 따로 규정한 것은 그만큼 국회의원이란 지위가 이익에 치우쳐 국민의 의사를 왜곡시킬 수 있음에 주의해야 하기 때문일 것이다.

　헌법 46조에 명시된

1. 국회의원은 청렴의 의무를 반드시 준수해야 한다.

2. 국회의원은 국가이익을 우선하여 양심에 따라 직무를 행하여야 한다.

3. 국회의원은 그 지위를 남용하여 국가·공공단체 또는 기업체와의 계약이나 그 처분에 의하여 재산상의 권리·이익 또는 직위를 취득하거나 타인을 위하여 그 취득을 알선할 수 없다.

는 국회의원이 지켜야 할 의무를 다시 한 번 적시해 보았다.

나는 국민이 옳다고 믿고, 또 내가 옳다고 믿는 세상을 만들기 위해 국회의원이 되고자 한다. 내가 옳다고 믿는 바를 국민과 끊임없이 소통하여 그에 따른 법안을 만들어 세상을 옳게 변화시키고 싶다.

진정, 노력하는 사람들을 격려하는 세상, 포기하지 않고 원하는 것을 향해 무한 전진할 수 있는 세상, 불우한 환경에 있는 사람들이 나름대로 꾸는 꿈들이 실현되는 세상을 만들기 위해 나 강일원도 국회의원의 꿈을 품고 최선을 다해 달려보고자 한다.

미래창조 경제란 무엇인가

　손가락 하나로 세상을 움직이고 손가락 하나로 세상을 보는 현대, 우리나라의 경제구도는 IT산업에 의존하고 있다고 해도 과언이 아니다.

　마치, 쓰나미처럼 몰려오는 유튜브의 위력에 '강남스타일'을 부른 가수 싸이가 세계적 가수로 비상한 것과 같다. 그러나 IT산업의 매력인 차별성과 전문성이 배제되어서는 아무런 성과도 얻지 못한다.

　제조업을 계획하고 있다면 자본이 많이 들고 관련 분야에 대한 다양한 전문지식이 요구되지만, IT산업 같은 경우는 나름대로 기술 지식만 가지고도 접근할 수 있다. 청년 창업가들이 진입하기에 문턱이 낮은 곳이 바로 IT산업이다. 모든 분야에 필요한 가장 원초적인 기술이 IT이기 때문이다.

기존에는 방송사나 신문 같은 거대한 미디어를 통해서만 목소리를 낼 수 있어 개인적인 목소리는 묻혀 버리기 일쑤였지만 소셜미디어가 확대되며 누구나 자신의 목소리를 글이나 영상 같은 다양한 매체로 표출한다. 그만큼 큰 목소리를 낼 수 있는 공간이 열려있다는 것이다. 소셜미디어가 힘을 가지게 되며 다양한 직업군이 생긴다.

소셜미디어와 근접한 개념 SNS. SNS는 소셜네트워크 서비스의 약자로, 해석하면 사회관계망 서비스인데 소셜미디어를 통해서 형성되는 인간관계와 사회관계를 말한다. 소셜미디어와 찰떡궁합인 스마트폰. 소셜미디어를 활용하기 위해서 스마트폰을 산다면 자동으로 소셜미디어 트위터나 페이스북 같은 것을 활용하기 때문에 서로 상생 효과가 있어 서로서로 끌어주는 활성화 효과가 있다.

그러나 기존 트위터나 페이스북보다 훨씬 더 많은 종류의 온라인을 활용한 백과사전도 있고, 취업을 위한 인맥사이트도 많다. 자료를 활용할 수 있는 사이트와 내 아바타가 가상현실 공간에서 비즈니스 할 수 있는 그런 SNS도 있다. 이런 다양한 도구를 국민이 활용한다면 IT산업이 경제 성장 동력이 될 것이다.

기업 홍보와 마케팅 전략! 특히 SNS는 타킷 마케팅이 되고 끼리끼리 몰려있다. 소비자와 고객, 잠재고객과의 상호관계가 맞물리며 비용 절감과 광고 효과가 있다.

그러나 소셜미디어를 가장 효율적으로 활용하려면 진정성을 갖지 않으면 안 된다. 기존에는 인맥이 1차원적인 속성을 가지고 있다면

SNS는 3차원적인 속성을 가지고 있다. 네트워크 자체도 국내에 한정되지 않고 해외까지도 연결되기 때문에 해외홍보마케팅에 관심 있는 기업들은 훨씬 더 SNS를 활용하게 될 것이며 적은 비용으로 고효율을 내게 될 것이다.

지금 급성장하는 소셜미디어를 통해서 창업할 수 있는 아이템 또한 많다. 한 분야가 창업하게 되면 기타 그걸 도와주는 서비스업들이 발전하게 되고 그래서 SNS뿐만 아니라 SNS 관련된 유관산업까지도 일자리가 많이 필요하게 되는 것이다. SNS를 통한 창의적 발상의 기발함이 성패를 가름하는 잣대가 된다.

미래창조한국은 먼 이야기가 아니라 지금 당장 이루어져 가고 있는 현실이다. 미래창조 IT나 CT의 도약적 활성화가 시간문제이고 IT나 CT가 결합 된 융복합된 기술이 새로운 성장 동력이기 때문이다.

그러나 미래창조한국의 新성장동력에는 ICT 기반 기술만 있는 건아니다. 기존의 다소 등한시되어왔던 인문학, 사회학까지도 우리 미래창조한국과 연결을 시켜야 할 것이다. 그래서 지금까지 있었던 산업에 국한될 것이 아니라 앞으로 새로이 창조되는 신산업들을 보고자 하는 것, 그것이 참으로 중요하다고 생각한다.

십 년 전까지만 해도 대학을 졸업하고 농사를 짓겠다고 하면… '젊은 놈, 사지 멀쩡한 놈이 시골에서 농사나 짓나?' 무시당하기 일쑤였다. 그러나 이젠 그런 사람들의 시선이 많이 달라졌다. 농업인이라는 직업관이 확실해졌기 때문이다. 레드오션이던 농업이 블루오션으로 점차 바뀌게 된 것이다.

연 매출 10억 원에 순수 이익금 2억 원을 올리는 젊은 농부가 적지 않다. 대기업이나 공기업만이 청년들의 일터라는 생각은 오래전 이야기가 되었다. 젊은 인력이 시간 낭비를 해서는 안 된다는 생각이 지배적이기 때문이다.

미래창조한국의 부흥을 위해 농업의 미래비전을 청년들에게 홍보하고 인식시켜야 한다. 국가가 나서서 농업이라는 틈새시장의 발전을 위해 R&D도 하여야 한다.

농업은 1차 산업으로 끝이 아니라, 2차, 3차를 접목하면 그 부가가치가 엄청나다. 고령화된 농부에게 농업의 신교육을 받을 기회를 주어야 하며 젊은이들에게는 농촌이 기회의 땅이라는 것, 단순히 먹거리 생산을 넘어 여러 가지 시각적 후각적 촉각적으로 체험할 수 있는 체험 농장경영도 충분히 재미있는 사업 중 하나라는 것을 홍보하여 적극적으로 참여할 수 있도록 유도하여야 한다.

단 한 끼만 안 먹어도 배가 고프고, 단 하루만 굶어도 견딜 수 없이 고통스럽다. 식량이 인간의 에너지원이 때문이다. 자원들이 농부의 손으로부터 나오기 때문에 농업은 반드시 젊은 사람들이 도전해야 할 일자리라고 생각한다.

사실은… 우리가 먹고 있는 채소들 그리고 일반적인 모든 먹거리에서 병균이 자라고 병을 옮긴다. 당뇨병도 많이 증가하는 추세고 의학적으로 원인이 불분명한 성인병도 많이 창궐하고 있다. 그만큼 먹거리는 깨끗한 환경에서 생산되어야 할 것이다.

깨알만 한 토마토 씨 한 톨이 22 화방을 만들고, 1화방에 토마토 12개가 열린다. 그럼 곱하기를 해보면 몇 개일까… 씨 한 톨이 만들어내는 엄청난 숫자의 토마토에 놀란다. 그래도 왜 부자가 되지 못하는가….

그러나 이제, 농업도 고부가가치 산업이다. 농업이 미래 한국경제의 주역이 될 날이 머지않았다.

그리고 또 한 가지, 나는 자원의 보고寶庫인 바다를 깨우는 일이 시급하다고 생각한다. 저 무한한 바다의 영역을 어떻게 개척할 것인가. 우리나라는 삼면이 바다로 둘러싸였지만, 해양을 이용한 레저는 후진국을 면치 못한다. 해양수산업도 매우 중요하지만, 해상과 심해를 모두 들여다 봐야 한다.

표면에 있는 바다의 생물만이 자원이 아니라 해양 전체를 놓고 새로운 그림을 새로이 그려야 한다. 해양 자체가 또 하나의 땅이기 때문이다.

어쩌면 해양과 과학의 융합 발전으로 바다에서도 사람이 살 수 있는 세상이 도래할 수도 있다. 그러나 시급한 건 해양레저스포츠의 발전과 고부가가치의 해양산업 육성이다.

지금까지 바다를 인간이 먹거리를 얻기 위해 이용하고 있었다면, 이제는 인간이 행복하기 위해 바다를 즐기는 쪽으로 점차 그 방향이 전환되어야 한다. 바다에서 얼마만큼 국부를 창출할 것인가? 세계가 바다의 자원을 놓고 서로 치열하게 경쟁하고 있는 것도 그 때문이다. 물론, 독도를 놓고 일본이 고도의 신경전을 벌이는 것도 모두 독도 근해가 품고 있는 자원 때문일 것이다.

우리나라 사람들은 바다를 무서운 곳이라며 피하는 대상으로 여기는 이들이 많았다. 그러나 바다는 우리의 먹거리 창고이고 우리 삶의 터전이며 직장이라는 것을 다시 한 번 생각해봐야 한다.

해양레저스포츠 사업에 선도적으로 투자하고, 그에 맞는 비즈니스나 기업들을 육성한다면 확실한 신성장 동력이 될 것이다. 지구의 2/3 이상이 바다이고 생물의 80% 이상이 바다에 살고 있다. 바다야말로 새롭게 개척해야 할 대상이다.

선진국형 해양산업! 그 주축이 되는 마리나와 요트, 보트, 크루즈선… 바다를 개척하면 대한민국의 해양영토가 점점 커질 수 있다. 영토도 넓히고, 그 넓혀진 영토 속에서 무한한 자원과 일자리가 창출될 것이다. 새로운 국력과 국가의 부를 창출할 수 있는 것이 바다이다. 새로운 바다 개척! 이것이 바로 미래창조한국이 나아가야 할 길이다.

05

복지에 대한 나의 생각

무상복지! 무상급식·보육·의료·교육, 반값등록금 등… 결국 서울의 모든 초등학교 학생들에게 세금으로 똑같은 급식을 주자는 안이 시행되게 되었다. 곧이어 기다렸다는 듯이 민주당은 보편적 복지를 기본바탕으로 5년간 164.7조 원짜리 초대형 복지패키지를 내놓았다. 민주당의 복지 방향성에 대한 평가는 엇갈리지만, 이 거대한 재원財源의 조달 가능성에 대해서는 의심스럽다는 반응이 대부분이다.

경제구조의 변화와 복합리스크의 증대를 고려할 때 복지논쟁은 우리가 반드시 해야 할 논쟁이고 앞으로도 계속되어야 할 논쟁이다. 그러나 안타깝게도 현재 우리 사회의 복지논쟁은 생산적이지 못한 게 사실이다.

복지논쟁에서 자주 등장하는 것은 외국 사례이다. 복지확대를 주장하는 사람들은 북유럽 국가들의 복지제도를 예로 들면서 한국의 복지 수준이 한참 낮은 수준이라는 점을 강조한다. 그러나 이들은 한국의 성장 과정, 경제와 인구 규모가 북유럽 국가와 확연히 다르다는 점은 의도적으로 무시한 것이다.

복지확대에 부정적인 사람들은 서구에서도 복지제도의 혜택을 축소하고 있으며, 남유럽 국가들은 과다한 복지 때문에 재정위기가 왔다는 점을 강조한다. 그러나 이 주장도 빵을 겨우 한 개 먹은 사람에게 빵을 너무 많이 먹으면 생명이 위태로워질 수 있다는 충고처럼 들린다.

복지논쟁의 가장 큰 문제점은 보편적 복지와 선별적 복지에 대한 이분법적 논쟁이다. 다른 나라의 복지시스템과 마찬가지로 한국의 복지제도도 보편적 제도와 선별적 제도가 혼재되어 있다. 그런데도 일부에서는 마치 보편적 복지를 주창하면 '착한 복지'요, 선별적 복지를 주창하면 '나쁜 복지'로 몰아붙이는 황당한 양상이 벌어지고 있다.

핵심적인 이슈는 복지를 확대할 것인가의 여부도 아니고 어느 나라의 복지시스템을 따라갈 것인가의 문제도 아니다. 가장 한국적인 환경에서 어떤 원칙을 가지고 어떤 속도로, 우선순위를 어떻게 매겨 복지를 확대해나갈 것인가 그것이 문제인 것이다.

가장 중요한 원칙은 '성장'이라는 단어는 저물어가고 '복지'라는 단어가 뜨고 있다는 것이다. 하지만 복지를 복지답게 발전시켜 복지혜택을 맘 편하게 누리려면 복지의 선순환 구조의 확립이 필요하다.

선순환 구조의 방법은 첫째도 둘째도 일할 수 있는 일자리 창출이 우선되어야 한다. 일하는 사람들에게 자신의 가치를 실현할 수 있는 기반을 마련해 주어야 한다. 일하며 자립심과 소득을 얻을 뿐만 아니라 그 성취감이 삶의 행복으로 이어지기 때문이다. 그 어떤 복지보다도 근로연계형, 근로촉진형 복지제도의 구축이 중요하다고 나는 생각한다.

우리나라가 압축 성장한 것처럼 압축복지에 매진한다면 치유하기 어려운 암으로 발전할 수도 있다. 도입하는 복지제도는 발전해야지 퇴보할 수가 없다. 더욱이 저성장, 저출산, 고령화의 삼각 쓰나미가 닥칠 시기가 10년도 남지 않은 상태에서 복지샴페인을 터트리고 취해서는 안 된다.

지속 가능한 복지지출 설정을 위해 연간 복지지출 증가율의 상한을 '경상 경제성장률+α'로 설정하는 방안을 검토할 필요가 있다.

살기가 좋아졌다고는 해도 지금도 학교에 가지 않으면 밥을 먹을 수 없는 결식아동들이 많다. 가족이 병마와 싸우고 있거나, 가족의 사업실패로 빈곤의 나락으로 떨어져 생사 고비를 넘나드는 이웃도 적지 않다.

이들의 아픔을 우선 돌보지 않고 모든 사람의 복지를 획일적으로 높이는 프로그램을 도입해야 한다는 발상이야말로 비복지적이다. 어려운 아이와 힘없는 노인들… 가난의 굴레에 갇혀 허덕이는 이웃들을 먼저 챙기는 복지프로그램이 도입되어야 한다.

지금 우리 사회는 성장과 복지에 관한 중요한 변곡점에 서 있다. 우리는 보편적 복지의 치명적 유혹을 과감히 떨쳐버려야 한다. 복지가 간절한 사람들이 감사한 마음으로 고맙게 누릴 수 있는 복지! 어려운 이웃을 먼저 살피는 복지확충의 길이 절실히 필요하다.

06

추천의 글

우리 시대 신선한 자극제 강일원

-유병연(소사 3본당 前사목회장)

내가 강일원 박사를 처음 만난 것은 1998년 소사 본3동 성당에서였다. 그 당시 강 박사는 서울 강남의 개인 변호사 사무실에서 사무장을 맡고 있었다.

정규 학교라고는 초등학교밖에 못 다니고 중·고등학교를 검정고시를 치러 이수했다고 했다. 그것도 독학으로 했다니 그의 피나는 노력은 눈으로 보지 않아도 짐작이 갔다.

그러나 강 박사의 불타는 향학열은 거기서 멈추지 않고 방송통신대학교법학과에 입학하더니 직장 생활과 학교생활을 병행하며 중앙대학교 법과대학원 석사와 동 대학원 박사과정까지 이수하였다. 그 노력의 평가는 그 누구도… 그 무엇으로도 점수를 매길 수 없을 것이다.

한 치의 소홀함도 없이 매사를 꼼꼼하게 살피며 열심히 살고자 애쓰는 강일원 박사의 모습은 현시대를 살아가는 우리에게 신선한 자극제가 되고 있다.

직장생활을 하는 내가 회사와 관련하여 강일원 박사에게 자문한 일이 있었다. 강일원 박사가 변호사 사무실 사무장이니만치 공식적으로 회사와 변호사 간 수임계약을 하는 것이 원칙이었다. 그러나 내가 개인적으로 부탁한 일이 되다 보니 회사로부터 수임료를 받지 못했고, 나 개인적으로도 강 박사에게 아무런 도움을 주지 못했다.

변호사는 수임료를 받아야 사무실을 운영하는데 변호사님까지 나서서 나의 부탁을 들어주셨지만 무료였다. 나를 도와주느라 수임료도 한 푼 받지 않고 문제 해결을 도와주신 변호사님 앞에 면목이 없었을 강 박사를 생각하니 너무도 미안하고 고마웠다.

그러나 강일원 박사는 생색을 내는 일이 없다. 그저 싱긋 웃으며 "자신이 도울 만한 일이라 도운 것뿐."이라며 미안해하는 나의 손을 굳게 잡아주었다. 이해利害 여부와 상관없이 자신의 능력으로 도와줄 수 있는 일이라면 최선을 다하는 순수純粹! 그것은 강 박사가 가진 이웃을 향한 따스한 마음이다.

그렇게… 강 박사와 마음을 주고받으며 친분을 쌓아가던 어느 날, 내가 소사 본3동 성당의 사목회장을 맡게 되었다. 사목회 임원을 신부님과 선정하면서 나는 얼른 강 박사를 떠올렸다. 강 박사가 무척 바쁜 사람이라는 것을 알지만, 교회에서 함께 봉사하는 일을 하고 싶었다.

강일원 박사를 만나 교육부 차장을 맡아 달라고 부탁하였다. 그러자 이런저런 핑계 없이 흔쾌히 내 부탁을 들어주었다. 직장과 학교를 오가느라 하루 24시간을 36시간으로 쪼개도 모자랄 텐데 사목회에 합류하는 강 박사를 보니 내 마음이 무척 즐거웠다.

교육부 차장을 맡은 강일원 박사는 그야말로 아이디어 뱅크였다. 부천시 소사 3본당에서만 볼 수 있는 특별함이 신설된 것이다. 그것이 바로 신자들을 위한 교리교육으로 미사 시간 5분 전 교리를 이야기로 풀어 교우들에게 들려준다는 것이다.

기획은 참 좋은데 우리가 과연 할 수 있을까? 한다면 누가 맡아서 할 것인가? 그것도 매주 교리교육을 한다는 것이 무척 어려운 일이었다. 그러나 강 박사의 부지런함과 열정을 믿고 반신반의하면서도 계획을 진행하였다. 그리고 그 일을 그가 맡아 매주 교중 미사 때마다 5분씩 실시하였다. 5분짜리 원고는 물론 그가 써서 신부님 자문을 받아 직접 교육을 하였다. 그렇게 1년을 빠짐없이 시행하였다. 맡은 일을 그저 성실히 수행하는 모습이 참 보기 좋았다.

톡톡 튀는… 성당을 향한 그의 기획은 5분 교리에서 끝나지 않았다. 전체 신자 피정 안을 기획한 것이다. 전체 신자 1박 2일 피정이라니…? 몇 백 명이 한군데 모여 그것도 숙박하면서 피정을 진행한다는 것은 그야말로 불가능에 가까운 일이었다. 순조롭게 진행된다면 이보다 더 좋은 피정은 없을 테지만 단 한 번도 진행해 보지 않았으니 개척자 정신을 가져야 할 것 같았다.

고심 끝에 전체 신자 피정을 결정하고 일을 진행하였다. 물론, 강 박사 혼자 피정을 진행한 것은 아니었지만, 신자들 모두 동분서주하여 정말로 기억에 남는 멋진 피정을 마칠 수 있었다.

의정부 가톨릭 연수원! 많은 신자가 아직도 그때의 좋았던 추억들을 이야기하고 있다. 그 일을 기획하고 주도한 주역 중에 강일원 박사가 있었다는 것! 그의 일에는 열정이 있고 그만큼의 설득력이 있으며 추진력을 동반한다는 것! 강일원 박사는 멋진 사람이다.

또한, 그의 협동심과 상대방을 향한 배려심 역시 나의 마음을 움직여 주었다. 본당에서 교육관 설립기금 마련을 위해 민간묘지의 일부를 할애 받아 교우묘원을 만들면서 신자들에게 분양할 예정이었다.

민간묘지를 할애 받을 때는 대금을 일시금으로 지불해야 가격을 깎아 기금을 조성할 수 있었다. 땅값을 먼저 지불하고 분양하여 이익을 남기는 형식이었다. 어쨌든 일시금을 주기 위해서는 신용협동조합에서 융자해야 하는데 담보가 없으면 안 된다는 것이었다.

신심이 깊은 사람이라도 자신의 부동산을 담보로 선뜻 내어놓을 수 있는 사람은 흔치 않다. 만약, 분양이 안 된다면 돈이 묶이고 이자만 물어야 할 상황이고, 자칫하다간 담보로 맡긴 재산이 묶일 수도 있다.

고심 끝에 사목회장으로서 솔선수범하지 않으면 안 된다는 생각에 내 집을 먼저 담보로 내어놓았고, 박유진 신부님과 몇 분 교우들이 동참했다. 그러나 그것도 부족했다. 그러자 기대도 하지 않았던 강일원 박사가 얼른 자신의 집을 담보로 내어놓았다. 덕분에 신협에서 융자를 얻어 대금을 치르게 되었고 기적처럼 두 달 만에 300기의 묘지 분양이 완료되었다. 이자를 갚고도 상당한 정도의 기금을 확보할 수 있었다. 이해타산에 앞뒤 재지 않는 그의 순수함과 협동심! 그의 정의감에 감동하였다.

자신의 발전과 이웃과의 우호적 관계를 위해 꾸준히 노력하는 강일원 박사! 그의 성실함과 열정은 어려운 환경을 이겨냈다. 대학과정과 대학원 석사, 그리고 마침내 중앙대학교 법학대학원에서 박사학위를 취득한 그에게는 수면시간과 놀 수 있는 시간은 거의 없었다고 해도 과언이 아닐 것이다. 남 잘 때 다 자고 남 놀 때 놀았다면 도저히 이루어 낼 수 없는 일이라 생각되었기 때문이다.

최선을 우선시하는 사람. 그는 어떤 일을 맡아 하든 성실하다. 그리고 가장 중요한 것은 그가 하는 일의 결과가 반드시 성과로 이어진다는 것이다.

그가 정치에 입문하여 부천시의회 의원, 경기도 산하기관인 경기개발연구원, 청와대 대통령비서실 행정관으로 이직하며 그는 열과 성을 다하여 성과를 냈다. 그 결과가 그의 능력을 인정하고 있다.

그가 있던 자리를 떠날 때는 더 중요한 일을 하기 위해 떠났을 뿐, 사리사욕을 채우기 위해 중도에 하차한 적이 없다. 그것이 바로 그의 업무능력을 반증한다고 할 수 있다.

아무리 상대방이 맘에 안 들어도 비난하지 않는 넓은 품으로 이해심 깊이 싸안는 강일원 박사의 타고난 성정性情. 그는 누가 뭐라고 하며 자신을 힐책하든 맡은 일을 묵묵히 하는 우직한 사람이다. 사회를 분열시키는 사람이 아니라 통합할 수 있는 사람! 긍정적이며 적극적이고 누구를 만나든 환한 웃음으로 반겨주는 사람, 보기만 해도 마음이 즐거워지고 믿음이 가는 사람, 그가 바로 내가 본 강일원 박사이다.

강일원 박사가 택하는 길은 지름길이 아닐 것이다. 돌아서 가는 길이지만 정확한 길일 것이고, 우리 이웃들이 오순도순 모여 살며 사람의 향기를 품어내는 다정한 길일 것이다.

탄탄대로를 걷기보다는 이웃과 함께 어울려 걸어가는 행복한 길. 아픔이 무엇인지 기쁨이 무엇인지 서로 보듬고 쓰다듬고 환호하며 걸어가는 시원하고도 상쾌한 길. 그런 강일원 박사와 인연이 된 것을 참 고맙게 생각하며 살고 있다.

나는 믿는다. 주님 안에서, 주님의 말씀을 따르며, 주님의 뜻대로 살아가는 강일원 박사야말로 분명히 국민을 위해 바른 정치를 할 것이라고 굳게 믿는다.

253

강일원 의원의 달빛 데이트(2006.10.19)

-윤병국(부천시의회 의원)

오늘은 일요일이 아닌데도 메일을 보냅니다.

어제 의회가 끝났는데 지금이 아니면 이 이야기를 전하기 어려울 것 같아서입니다. 아니 말하고 싶어 입이 근질거린다고나 할까요? 어떤 때는 일요일 저녁때까지도 쓸 말이 생각이 안 나는 때도 있는데 이번에는 빨리 말 안 하면 잊어버릴 것 같습니다^^.

의회에서 오고 가는 이야기 중에 재미있다고 할 만한 것이 별로 없습니다. 이해관계가 첨예한 문제이거나 아니면 예산에 관련한 이야기들이 대부분입니다. 그런데 지난 18일 본회의장에서 아주 재미있는 일이 있었습니다. 이날은 시정 질문 답변이 있었고 보충 질문은 소사구의 강일원 의원만 신청했습니다. 강 의원은 시정 질문에도 구도심 지역의 첨예한 현안인 뉴타운 건설 등에 대해 거론했던 터라 보충 질문도 이에 대한 추궁일 것이라고 지레짐작하고 있었습니다. 그러나 그의 첫 마디는 전혀 예상을 벗어난 것이었습니다.

"본 의원은 청소년들의 우주에 대한 꿈을 키워주기 위해 시립천문대를 건립할 용의가 없는가 하고 질문을 한 바 있습니다." 마치 웅변하듯이 또박또박한 말투로 시작한 강일원 의원의 첫마디였습니다. "달이 뜨면 달그림자가 생긴다는 사실을 겪어보지 않은 아이들이 달빛 속에서 데이트하는 낭만을 어떻게 알 것이며, 달빛 속을 걸어보지 않은 아이들이 베토벤의 월광 소나타를 가슴으로 이해할 수 있 겠습니까?"

오전 내내 지루하게 답변을 들었고 점심 후 졸릴만한 시간이라 멍 하게 앉아있던 의원들이 하나둘씩 귀를 기울이기 시작했습니다. 무 슨 추궁이 나올까 긴장하던 시 간부 공무원들도 뜻밖이라는 표정을 짓기 시작했습니다.

"일본의 작가들이 은하철도 999를 만들어 낸 것이 우연이 아닙니 다. 곳곳에 있는 천문대에서 별을 보고 우주를 꿈꾸어 왔기에 가능 한 일입니다. 사회에 폭력이 난무하는 것도 청소년 시기에 이런 꿈 을 심어 주지 못했기 때문이 아니겠습니까?"

본회의장에 있던 의원들, 간부 공무원들, 그리고 방청객들의 입가 에는 미소가 번져 갔고 많은 사람이 공감의 의미로 고개를 끄덕이 는 것 같았습니다. 결국, 다음날 이어진 답변에서 불빛이 밝은 도시 에서는 불가능한 일이라고 했던 의견을 철회하고 적극적으로 검토 하겠다는 답변을 끌어냈습니다.

강일원 의원으로 말미암아 우리 도시에 작은 천문대가 하나 생겼 으면 좋겠습니다. 그래서 부천시의회가 시민에게 꿈을 되찾아 줄 수 있기를 바랍니다. 다음 주에는 중원고등학교에서, 그다음 주는 옥산 초등학교에서 의회를 소개하는 1일 교사를 하기로 했는데 우리 청 소년들에게 어떤 의회 상을 심어줄 수 있을지 걱정이 됩니다.

내가 만난 강일원 요셉 형제

-조운한(서일대학교 시각디자인학과 교수)

　내가 강일원 요셉 형제를 처음 만난 건 5~6년 전 경기개발원 연구실에서다. 강일원 요셉 형제가 부천시의회 의원을 지낸지라 이름은 알고 있었지만 만남은 처음이었다.

　짧은 만남이었지만 요셉 형제에게서 풍기는 따뜻함과 예의 바른 매너는 나를 그에게로 다가가고 싶게 만들었다. 첫 만남에서 자석 같은 끌림과 꾸밈없는 진실함을 느낄 수 있었다.

　소주 한 잔에 마음을 열어버린 강일원 요셉 형제와 나. 가끔, 우리 둘이서 함께 주말을 보냈다. 원미산도 오르고 까치산도 오르며 연륜이 쌓이고 서로에 대해 조금씩 알아갔다. 산 정상에 올라 심호흡 한 번 크게 하고 내려오는 길에 마시는 막걸리 한 잔이 인생이 되고… 우리들의 세상 이야기도 끝이 없었다.

　물속에 비친 산 그림자는 신록은 신록으로 비추고, 단풍은 단풍으로 비추며, 나목으로 찬바람에 떨고 서 있는 겨울 산은 겨울 산 그대로 거울처럼 비춘다. 그것은 아마도 산을 올려다보기 힘든 사람들을 배려한 자연의 선물인지도 모른다. 숨김없이 자신의 치부까지도 드러내 보여주는 진실한 사람. 내가 아는 강일원! 그가 바로 물속에 비친 산 그림자 같은 사람이다.

강일원의 열정

256

정규코스로는 초등학교 학력이 전부인 그가 중앙대학교 대학원 법학박사 학위를 취득하였고, 부천시의회 의원을 지냈으며, 부천대학교 교수로 재직하였다. 그리고는 박근혜 정부와 함께 청와대 비서실 정무수석실에서 대통령을 보좌한 행정관을 지낸 그 경력이 참으로 존경스럽다.

묵묵히 자신에게 맡겨진 일을 향해 걸어가는 사람. 그가 이루어 낸 성공은 한 가지도 공짜가 없다. 그의 피나는 노력이 이룬 결과이다.

강일원, 그에겐 도전정신이 있다.

내일 모래면 육십을 바라보는 나이이지만 아직도 새로운 것에 도전을 주저하지 않는다. 이루고자 하는 꿈이 생기면 도전할 줄 알고 그 꿈을 이루기 위해 외유내강外柔內剛으로 최선을 다한다. 참으로 본받아야 할 정신이다.

강일원, 그에겐 겸손함이 있다.

중앙대학교 법과대학원 박사 학위수여식에서 가운을 입고는 자신에게 어울리지 않는 것 같다며 어색해 할 때나, 교수로 봉직할 때나, 부천시의회 의원 시절이나 청와대에 근무할 시절, 강일원 요셉 형제의 모습은 조금도 다르지 않았다.

무엇인가 어설프고 무엇인가 부족한 것과 잘 어울리는 조화라고나 할까. 그에게서 겸손의 단어가 빠지면 매우 어색하다. 다른 사람 앞에 서는 그의 어깨는 되바라지게 벌어지지 않는다.

항상 낮은 자세로 상대방과 눈높이를 맞추고 있다.

90도 인사는 기본이고 항상 예~ 예~ 로 긍정적이다. 면밀하게 검토한 후 부정하더라도 그의 태도는 상대방의 의사에 귀 기울이는 것이 먼저이다.

겸손함이 몸에 배어 상대방을 섬길 줄 아는 지혜를 이미 터득한 것이다. 정치적인 청탁이 아닌 역경에 직면한 이웃의 부탁에 밤잠을 설치고 마음을 쏟는 사람, 그가 바로 내가 아는 강일원 요셉 형제이다.

강일원, 그에게 따뜻함이 있다.

주변 사람들의 경조사에도 항상 얼굴을 빠트리지 않는다. 기쁨을 나누면 배가 되고 슬픔을 나누면 반이 된다고 한다. 강일원 요셉 형제가 애·경사에 빠지지 않는 것은 나눔에 익숙하기 때문일 것이다.

'한 가지를 보면 열 가지를 안다.'는 속담에서처럼 그가 믿고 따르는 성당에서의 행보만 봐도 강일원 요셉 형제가 어떤 사람인지 알고도 남는다. 경사에 박수를 보내고, 애사에는 슬픔을 함께 나누며 위로의 말을 전하고 있다.

바쁘게 사느라 조금이라도 만남이 소원해지면 요셉 형제가 먼저 안부 전화를 한다. 그리고는 원미산이나 까치산을 함께 오르며 막걸릿잔을 기울이고 세상살이를 이야기한다.

강일원 요셉 형제와 내가 지난 5~6년 동안 변함없이 초지일관初志一貫 똑같을 수 있는 것도 그의 배려 덕분일 것이다. 강일원 요셉 형제! 그 사람이 어디에 있던 그의 일에 대한 열정과 뚝심이 우리를 실망하게 하지 않을 것이라고 나는 믿는다.

강일원 요셉 형제가 책을 낸다며 좋은 글을 부탁했다.

그러나 나는 사실 글솜씨도 없는 편이고 강일원 요셉 형제를 애써 미화시켜 쓰고 싶지도 않다. 그냥 내가 보고 느낀 강일원 요셉 형제를 조금도 가감 없이 짧지만 명료하게 책을 읽는 독자들에게 이야기해 주고 싶다.

강일원 요셉 형제님!

당신은 지금 해왔던 그 모습 그대로 하시면 누구한테나 신뢰받고 사랑받을 수 있고 성공하실 수 있습니다.

창영초등학교 운영위원 강일원

-유명희(창영초등학교 운영위원장)

7년 전.

큰 아이가 다니는 창영초등학교 운영위원을 지원했다.

아이들을 위한 학교 일이 어떻게 진행되고 있는지 알고 싶어서였
다. 우리 아이가 공부하는 학교니만치 관심을 가지고 지켜보고 도울
일이 있으면 돕고 싶었다.

첫 운영위원 회의가 있던 날.

학부모와 선생님 모두가 낯설고 어색한 분위기였다. 그런데 바로
내 옆에 서 있던 아저씨가 "안녕하세요?"라고 인사하며 얼굴 가득
미소를 띠며 다가오셨다.

나도 미소로 답을 했다. 그러자 아저씨가 손을 내밀어 악수를 청
했다. 싱글 벙글… 참 잘 웃는 아저씨였다. 무겁게 잔뜩 가라앉았던
회의실 분위기가 금세 밝아졌다. 그런 아저씨 모습을 보니 나도 모
르게 배시시 입가에 웃음이 배어나며 긴장이 풀렸다.

학교에는 생각보다 참 많은 일이 있다.

학생들과 선생님 사이, 학생들 사이 일어나는 일들. 그리고 학교에
필요한 지원 등등… 학교를 운영하기 위한 제반 업무를 선생님들과
학부모가 함께 상의하여 결정하기 위해 운영위원회가 존재한다. 필
요한 일을 진행하면서 학교 운영위원회의에서 의제로 다룬다. 학교

발전을 위해 기본 계획을 정하고 학교 운영에 관한 전반을 심의하고 의결한다. 그만큼 학교운영위원들의 역할이 중요하다는 것이다.

회의가 시작되자 먼저 자기소개를 하였다. 그런데 그 웃음 많은 아저씨가 '부천대학교 금융정보학과 교수이자 부천시의회 강일원 의원'이라고 소개했다. 교수님과 시의원님이라면… 흔한 말로 사회적 지위도 어지간히 있는 분이라 모름지기 어깨에 힘이 조금은 들어갈 텐데 너무도 소탈하고 친절했다.

언제 보아도 웃는 얼굴로 상대방을 편하게 대해 주셨다. 시의원으로 의정활동이 바쁘지만, 창영초등학교 운영위원회 지역위원이기도 하여 참석했다고 하셨다.

그리고는 강일원 의원님은 부천시의회 의정활동과 중복되지 않는 한 창영초등학교 운영위원회의에 빠지지 않았고 많은 관심과 사랑으로 아이들을 살펴 주셨다.

강일원 의원님은….

의정활동이 없는 자투리 시간도 그냥 흘려보내지 않았다. '꿈을 이루기 위해 노력하자.'라는 주제를 정하고 아이들이 공부하는 교실을 찾아다니며 이야기꽃을 피웠다. 학부모로서 정말이지 감사했고 또 감동적이었다.

그리고는 '학교폭력 예방을 위한 학부모의 역할'이라는 주제로 학부모와 교사들을 대상으로 연수 교육을 하셨다. '아이들이 즐겁고 행복한 학교생활을 하기 위해서는 가정과 학교의 역할이 무엇보다

도 중요하다. 가정과 학교, 사회가 유기적으로 협력하고 실천적 인성
교육과 밥상머리 교육이 병행되어야 한다.'면서 자녀 이해 지원을 위
한 열정적인 강의는 몇 년이 지난 지금도 어제 일처럼 생생하다.

2004년도 강일원 의원님이 부천시의회 의원에 당선되었을 때였다.
추운 겨울, 아이들이 추위에 떨며 운동장에서 졸업식 하는 모습
을 보신 의원님이 학교 체육관건립에 힘쓰셨다. 덕분에 지금은 거실
처럼 아늑한 체육관에서 졸업식을 하고 있다.
2008년에서 2012년까지 학교운영위원회 지역위원활동을 꾸준히
하신 강일원 의원님께 그동안 못했던 감사의 말씀을 드리고 싶다.
그리고 학교폭력 사건이 일어나 학부모 간의 감정싸움으로 번졌을
때, 수차례의 만남을 통해 학부모들을 잘 중재하여 합의하고 화해하
도록 애써 주신 것도 잊지 못할 고마운 일 중의 하나이다.

창영초등학교 학교운영위원회 위원이었던 강일원 부천시의회 의원
님은 아이들과 학부모 모두에게 고마운 분이셨다. 아이들에게는 꿈
을 심어주고, 부모님들에게는 인생의 선배로서 많은 조언을 아끼지
않았기에 참으로 마음 편했다. 학교 발전을 위한 강일원 의원님의 노
력은 그 시절이나 지금이나 늘 고맙게 생각하고 있다.

남의 일을 자기 일처럼 살뜰히 보살펴 주는 친절함!
강일원 의원님의 천성天性은 참 따뜻하다. 그래서 강일원 의원님
덕분에 많은 이들이 즐겁고 행복하다.

강일원 前부천시의회 의원과의 필연적 인연

-최근호(세원이테크(주)대표이사)

황금물결이 넘실대는 가을 들녘. 중부지방의 가뭄이 심하다고 매스컴이 보도하지만, 올가을은 풍요로운 것 같다. 지방 도로를 자동차로 달리다 보면 들녘은 물론, 유실수도 풍성하니 주렁주렁 달려있다.

농사를 지으면 '삼 분의 일은 하늘이 먹고, 삼 분의 일은 산짐승들이 먹고, 삼 분의 일만 농부가 받아먹어도 감사한 일.'이라고 했으니 조물주에 감사해야 할 것 같다.

인간의 품성을 크게 분류하면 두 가지가 아닐까 싶다.

부와 명예, 권력을 탐하며 좇아가는 사람들이 있는가 하면, 새벽을 소박함으로 열고 하루를 시작하는 사람들.

동물은 배만 부르면 아무 소리 없이 잘 살지만, 만물의 영장인 인간은 그 색깔이 천차만별로 다양하다. 부를 좇느라 건강을 해치는 사람이 있는가 하면, 명예와 권력을 탐하다 패가망신敗家亡身을 하는 사람도 있다. 그렇게 우리네 삶의 365일은 자신이 선택한 길로부터 시작된다.

정보화로 세계가 하나가 된 세상. 디지털 문화의 발전이 즐겁기도 하지만 분, 초를 다투며 올라오는 훌륭한 글과 말들이 너무나 많이 쏟아져 어느 것이 정말 좋은 글이며 정보인지 헷갈린다.

그뿐이 아니다. 손가락만 움직이면 모니터와 스마트폰이 클릭 된다. 세상 어디든, 무슨 일이든 맘만 먹으면 볼 수 있고 쇼핑도 할 수 있다. 컴퓨터만 있으면 답답할 것도 부러울 것도 없이 혼자서도 하루를 재미있게 지낼 수 있다.

인연을 애써 만들 필요가 없는 세상! 그러나 나는 우연히 마주친 사람이 내 맘에 들고, 상대방이 나를 좋아하면 이야기 친구가 된다. 마음 같아서는 날마다 좋은 사람을 만났으면 바라지만 쉽지 않다.
만나고 헤어지는 수많은 사람 중에 이름만 들어도 반갑고 기쁘고, 보고 싶은 사람이 있다면 그것이 성공한 삶이 아닐까 싶다.

대선부터, 총선, 지방선거까지… 나열해 보니 선거도 참 많다.
선거가 한창일 때 후보들이 선거요원들과 함께 인사 다니는 모습은 흔히 볼 수 있다. 그런데 상대방의 환경은 생각하지도 않고 그냥 사업장으로 들이닥쳐 부산스럽게 말을 걸고 자신이 할 말만 하고 가는 사람이 대부분인 것 같다.
갑자기 사업이 부진해졌거나 개인적 사정으로 골머리가 아플 때는 그 무슨 소리도 듣기 싫은데 그런 배려가 없다. 자신들의 시간은 금이고 상대방의 시간은 은도 아닐 텐데… 어쩔 수 없어 그냥 듣고 있다 보면 은근히 불쾌해지기도 한다.

그런데 내가 아는 강일원 의원은 달랐다. 강일원 의원이 경기도의원 후보 시절 나의 사업장에 왔다. 그런데 선거요원들은 뒤에 서 있고 혼자서 내게 다가온 강일원 후보가 조용히

─잠깐 시간 좀 내주실 수 있겠습니까?

물음표로 인사말을 건넸다. '요사이도 이런 사람이 있었나?' 오히려 내 눈이 번쩍 뜨였다.

정말이지 신선한 만남이었다. 그렇게 나와 '강일원'이란 사람의 인연이 시작되었다.

하루에도 서너 번씩… 엘리베이터나 주차장에서 우연히 만나는 위층 아저씨 같은 사람. 그도 나처럼 평범한 사람이었다. 강일원 의원과 인연을 맺은 사람이라면 아마도 생각이 나와 대등對等하지 않을까 싶다.

굳이 말하지 않아도 튀지 않은 외모와 소박한 미소의 소유자이며, 일을 떠벌리지 않고 조용히 처리하며 그 판단이 빠르고 정확하다고. 이웃을 위해서라면 발로 뛰고 행동으로 보여준다고 말이다.

그러다 보니 강일원 의원이 처리한 일의 결과는 당연히 좋다. '고맙다!'는 인사치레라도 하려고 하면 강일원 의원은 '나를 믿고 일꾼으로 뽑아주셨으니 당연히 해야 할 일.'이라며 겸손함을 잃지 않는다.

강일원 의원의 가슴속에는 작은 일이든 큰일이든 주민들에게 보답하겠다는 마음이 바탕에 자리 잡고 있다. 그런 강일원 의원의 진솔한 말과 행동은 시의원 당선으로 이어졌고, 부지런하고 배려 깊은 인간성과 실력을 인정받아 청와대 정무비서실 행정관으로 2년 6개월을 근무했다. 모르긴 해도 강일원 의원의 품성을 비추어보건대 청와대에서도 열심히 일하여 인정받았을 것이고, 배운 것도 많았을 것이고, 좋은 사람들과의 인연도 많을 것이다. 그것이 강일원 의원의 장점으로 윗분들에게 신뢰를 주고 있다.

소신과 확신이 있는 사람, 겸손과 상식을 알고 사람과 사람이 소통하는 방법을 아는 강일원 의원. 이런 점을 갖추고 있는 강일원 의원은 반드시 더 큰 일을 도모圖謀하여 성공할 수 있을 것이라 믿는다.

07

내 이름
강일원

    얼마 전 지인의 소개로 화가를 만나 인사를 나누는데 이름이 나만큼이나 특이했다. 그림 없이는 못 산다는 그의 이름은 정 고흐피카소였다. 고흐와 피카소를 존경하다 보니 닮고 싶은 욕망에 이름까지 개명을 했다고 한다. 퍽 예술적인 고집이 있고 멋있어 보였다.

    예전에 우리네 이름은 성과 이름을 합하여 석 자가 원칙처럼 지켜졌다. 성씨가 두 자인 사람 역시 성씨에 붙여 이름은 두 자를 넘지 않았는데 요즘 이름들을 보면 황당하리만큼 길고 이상한 어감을 가진 이름들이 허다하다. 바람, 안개, 존재 등등….

    이름의 다양성을 최대한 보여주고 있는 느낌이다. 거기에다 영자英字이름이 있는가 하면, 일어, 중국어로 글로벌화 되어있다. 예전에는 상상도 해 보지 못한 일이다.

마치, 연예인의 예명처럼 이름을 몇 가지씩 가지고 필요할 때마다 변신하는 팔색조처럼 이름이 허물을 벗는다. 한편 신기하기도 하지만 한편 생각해 보면 우리만의 색깔을 잃어가는 것 같아 안타깝기도 하다.

　내 이름 강일원도 평범함을 조금 넘어섰다. 얼마 전 시장에서 장사하시는 할머니를 뵙고
　―안녕하십니까. 강일원입니다.
인사를 드리니 이름이 "정말 일원이오?" 반문하시며 천원도 있고 만, 억, 조도 있는데 왜 하필이면 일원이냐며 애석해 하셨다.
　그래서 내 이름 일원이 바로 모든 돈의 기본이 되며, 나는 무슨 일이든지 기본에 충실하도록 노력하며 살려고 한다고 말씀드렸다. 차근차근 나를 살피듯 보시던 할머니께서
　―하긴 요즘 세상 겉만 번지르르하고… 이름만 크면 뭐하느냐, 실속이 중요하지.
하시며 이름은 비록 동전 한 닢인 일원이지만 억, 조원이라는 이름을 가진 사람들보다 더 큰 사람으로 일을 잘할 것 같다며 내 손을 잡아 주었다. 그리고는 일원, 일원, 강일원… 자꾸 불러보니 입에 착달라붙는 것이 조상님이 이름을 잘 지어주신 것 같다는 덕담도 아끼지 않으셨다.

　어릴 적엔 키도 작고 몸집도 크지 않은데 이름까지 일원이라는 것이 아쉬웠지만, 불만은 없었다. 짜리~ 짜리~ 일원짜리라며 이름으로

친구들에게 놀림을 많이 받았지만, 그냥 웃어넘겼다. 수십조 원 돈의 기초가 일원으로부터 시작된다는 것을 나는 알고 있었기 때문이다.

그러나 친구들에게 심하게 놀림을 당하고 나면 내 이름에 대한 궁금증이 생겼다. 그때야 나의 이름을 지어주신 할아버지에게 하필이면 왜 돈 중에서도 제일 적은 돈인 일원으로 내 이름으로 지었느냐고 여쭈어 보았다.

할아버지께서는 한자로 한일一자에 멀원遠자를 쓴 이유가 '한 가지 일을 멀리 보라.'는 의미를 지녔다고 가르쳐 주셨다. 원자 항렬에 한일 자를 써보니 종가의 장손으로서 안성맞춤 이름이었다고 하시며
—짜리 짜리~ 일원짜리라고 놀리는 친구들이 코가 납작해지도록 열심히, 진실하게 살아야 한다.
말씀하셨다. 그때마다 결심한 것이 한 우물을 파 반드시 성공하는 모습을 보여주겠다는 것이었다. 어린 나이에 속이 상할 만도 하지만 친구들의 놀림을 허허실실 웃어넘기며 마음속으로 결심을 다진 것을 보면 이름에 대한 믿음이 있었던 것이 아닐까 싶다.

그러나 세월이 가면 갈수록 나의 삶은 힘들고 지쳤다. 멀리 보고 무엇을 계획한다는 것이 무척 지루하게 느껴졌지만 이름을 탓하지 않았다. 일원이 아무 물건도 살 수 없는 화폐지만 일 원짜리 하나만 모자라도 될 수 있는 일이 한 가지도 없다는 것이 자신감을 만들어 주었다. 어릴 적 내 삶 자체는 정말이지 질풍노도처럼 굴곡이 많았지만 낙심하지 않고 항상 긍정적인 마음으로 살았다. '한 가지 일을

멀리 보고 열심히 노력하면 반드시 이루어진다.'는 일념으로. 시기의 차이가 있을 뿐 불가능한 건 없을 것이라고.

나의 이름은 강일원이다. 매일 아침 나는 나의 이름을 삼행시로 엮어 나에게 세뇌하듯 이야기한다.

강 강한 일꾼이 되자고

일 일 잘하고 꿋꿋한 바른 일꾼이 되자고

원 원처럼 둥글둥글… 모난 곳 없이 모두 한데 어울려
　　행복한 미래를 가꿔가는 지혜로운 일꾼이 되자고

그러나… 내 이름의 뜻이 어떤 삶을 내포하고 있든지 나는 오늘에 충실할 것이다. 그리고 서두르지 않을 것이다.

다행히도 나는 이름에서의 암시처럼 세상을 멀리 보며 관조하는 습관을 지니고 있다. 눈앞에 이익을 좇기보다는 멀리, 더 넓고 더 높고 깊게 세상을 바라보며 정확히 판단하여 실천하려는 의지가 있다. 그러나 내가 가진 것 중에 그냥 얻어진 것은 단 한 가지도 없다.

오랜 세월, 소년기부터 일찌감치 세상 풍파와 맞서고 견디며 터득한 삶의 지혜일 것이다. '자만하지 않고 겸손하자. 개구리는 올챙이 적을 절대로 잊어서는 안 된다.' 나 자신에게 수없이 다짐하는 말들이다.

내가 어려움을 딛고 일어선 사람이니만치 어려움을 겪고 있는 이웃들의 아픔이 무엇인지 잘 알고 있다.

만물의 영장인 인간으로 이 세상에 왔으니 이 세상을 살아가며 조금이라도 이웃에게 보탬이 되는 사람으로 살다 가고 싶다.

나… 강일원의 이름으로.